उजास की तलाश

डॉ. मुक्ता

वाणी प्रकाशन

वाणी प्रकाशन

4695, 21-ए, दरियागंज, नयी दिल्ली 110 002

शाखा

अशोक राजपथ, पटना 800 004

फ़ोन : +91 11 23273167 फ़ैक्स : +91 11 23275710

www.vaniprakashan.in
vaniprakashan@gmail.com
sales@vaniprakashan.in

UJAS KI TALASH
by Dr. Mukta

ISBN : 978-93-5229-653-8
Short Stories

प्रथम संस्करण

मूल्य : ₹ 225

सिटी प्रेस, दिल्ली-110 095 में मुद्रित

वाणी प्रकाशन का लोगो मक़बूल फ़िदा हुसेन की कूची से

बस थोड़ी सी बात

'उजास की तलाश' मेरा पांचवा लघुकथा/भावकथा संग्रह है। उजास की तलाश में इंसान आजीवन भटकता रहता है और यही तलाश उसे एक ऐसे मुक़ाम पर लाकर खड़ा कर देती है, जहां उसे नाम, पद, प्रतिष्ठा आदि की तो प्राप्ति हो जाती है, परन्तु वह स्वयं को एकांत की ज़ंजीरों में जकड़ा हुआ अनुभव करता है।

वैश्वीकरण व बाज़ारवाद के प्रभाव से मानव में आत्मकेन्द्रितता का भाव सुरसा के मुख की तरह फैलता चला जा रहा है... संवेदनहीनता का दंश उसे हर पल सालता रहता है.... एक अजनबीपन का अहसास अपनों को, अपनों से दूर ले जाता है... जिसका आभास उसे एक लम्बे अंतराल के पश्चात् होता है। इन विषम परिस्थितियों में वह पाना चाहता है अपनों से स्नेह, प्यार-दुलार व अपनत्व भाव, जिससे वह वर्षों पहले वंचित हो चुका था।

वह समाज में बढ़ रहे वैषम्यभाव व अमीर-गरीब की बढ़ती खाई को पाटने का भरसक प्रयास करता है और संवेदनशून्य, पत्थर होते लोग उसकी चिन्ताओं को द्विगुणित कर देते हैं। वह आत्मावलोकन व आत्मचिंतन करने को विवश हो जाता है। काश! वह स्वस्थ व सुन्दर समाज की संरचना में सहभागी हो सकता। यह परम्परा पीढ़ी-दर-पीढ़ी चलती रहती है और वह त्रिशंकु की स्थिति में निर्णय नहीं कर पाता कि आखिर कब तक समाज में यह सब चलता रहेगा।

आधुनिक युग में हर ओर रावण, दुर्योधन व दु:शासन औरत की अस्मत लूटने का एक भी अवसर अपने हाथ से नहीं जाने देते जिससे चारों ओर भय व आतंक का वातावरण छा जाता है। मानव मन से दहशत का भाव निकल नहीं पाता। गरीब, मज़दूर लोग बच्चों को भीख मांगने के लिए छोड़ देते हैं, जहां रहते हुए वे गलत आदतों का शिकार हो जाते हैं, और लाख चाहने पर भी उस दलदल से निज़ात नहीं पा सकते। वे भूखे भेड़ियों की तरह एक-दूसरे पर झपटते हैं, काटने को दौड़ते हैं और किसी के प्राण लेने में तनिक भी गुरेज़ नहीं करते। सज्जन लोगों के हृदय में आक्रोश व विद्रोह रूपी ज्वाला प्रज्वलित होने

लगती है और वे समाज में परिवर्तन रूपी क्रांति लाने में सफल हो जाते हैं।

परन्तु समाज में बढ़ते विद्रूप को देख मानव-मन चीत्कार कर उठता है। हर दिन घटित होने वाले लूटपाट, अपहरण, हत्या व दुष्कर्म के हादसे उसके अंतर्मन को झकझोर कर रख देते हैं और वह उजास को पाने के लिए विह्वल हो उठता है, परन्तु चारों ओर से उसके हाथ निराशा ही लगती है। शायद इसी कारण इक्कीसवीं शती की नारी के कदम गलत राहों पर अग्रसर हैं। प्रतिशोध रूपी अग्नि से उसकी बुद्धि कुन्द हो गई है और वह अपने हित-अहित के बारे में सही निर्णय लेने में स्वयं को असमर्थ पाती है।

इन्हीं भावों को उकेरता यह भावकथा संग्रह आधी आबादी के सत्य को उजागर करता है और अहसास दिलाता है कि आज की नारी जाग्रत है, अपने अधिकारों के प्रति सजग है... वह आधी ज़मीन ही नहीं, आधा आसमां पाने की तमन्ना रखती है। वह जान चुकी है कि यदि अधिकार मांगने से नहीं मिलता तो उसे छीनने में कोई बुराई नहीं है। अब वह पुरुष की दासता को नकार स्वतंत्रता व स्वच्छन्ता से सुकून की सांस लेना चाहती है... अपने सपनों को साकार करने के निमित्त उन्मुक्त आकाश में विचरण करना चाहती है।

समय परिवर्तनशील है। अमावस्या की घनी कालिमामयी रात्रि के पश्चात् स्वर्णिम सुबह अवश्य दस्तक देती है। इन्हीं समस्याओं के समाधान को उजागर करती **'उजास की तलाश'** की भावकथाएं मानव मन में चेतना व विश्वास का भाव जाग्रत कर निरंतर संघर्ष की राह पर चलने को प्रेरित करती हैं, जिससे जीवन में समरसता व सामंजस्यता का भाव संचरित होगा। आपकी प्रतिक्रियाओं व सम्मतियों की अपेक्षा सदैव बनी रहेगी।

सस्नेह-

मुक्ता

शुभाकांक्षी

अनुक्रमांक

संतुलन

दिन-प्रतिदिन भ्रूण हत्या के बढ़ते हादसों को देख मन दहल जाता है और सोचने पर विवश हो जाता है कि मानव विकास की ओर अग्रसर है या पशुता उस पर हावी होती जा रही है।

कूड़े के ढेर पर एक दूसरे पर झपटते कुत्तों को देख मन में यह विचार कौंधा कि आखिर इसमें ऐसा कौन सा खज़ाना दबा पड़ा है, जिसे पाने की होड़ में ये खूंखार हो रहे हैं। निकट जाकर देखने पर पर पता चला कि यह एक नवजात बच्ची की लाश है, जिसे आंखें खोलने से पहले ही फेंक दिया गया है जैसे वह अपराधिनी हो। इसके लिए दोषी रहे होंगे उसके पिता...क्योंकि मां तो ऐसा कुकर्म कर ही नहीं सकती....अपने जिगर के टुकड़े की हत्या कर फेंक नहीं सकती।

काश! इक्कीसवीं सदी में इंसान को वस्तु भांति निर्जीव न समझा जाता और बेटी-बेटे को समान अहमियत दी जाती, तो सृष्टि का संतुलन न बिगड़ता।

जिरह

हर दिन समाचार पत्रों में लूटपाट, बलात्कार व अपहरण की खबरें पढ़कर दिल दहल जाता है और अनेक प्रश्न ज़ेहन में उठने लगते हैं।

-मां! मैं तुम्हारे साथ बाज़ार नहीं जाऊंगी। यदि किसी ने मुझसे बदसलूकी की और ज़बरदस्ती गाड़ी में डाल दिया तो..।

-तो क्या.. मैं अपनी जान पर खेल कर तुम्हारी रक्षा करूंगी।

-परन्तु तुम उन दरिंदों का पीछा कैसे करोगी ?

-मैं पुलिस को फोन कर दूंगी। आजकल तो चप्पे-चप्पे पर पुलिस की मोबाइल वेन खड़ी रहती है।

-मां! पुलिस वाले तो हादसा घटित हो जाने के पश्चात् घटनास्थल पर आते हैं और तमाशबीतों की तरह व्यवहार करते हैं। उनके प्रश्न सुनकर तो

कलेजा मुंह को आता है।

-बेटा! तुम इक्कीसवीं सदी की नारी हो। तुम सशक्त, सक्षम व समर्थ हो। तुम्हें आत्मविश्वास रूपी धरोहर को लेकर जीवन पथ पर अग्रसर होना है।

-मां! यदि नारी इन विषम परिस्थितियों का सामना कर पाती तो दिन-प्रतिदिन इन हादसों की संख्या निरंतर बढ़ती न रहती।

-मां! कितना अच्छा होता, तू जन्म लेने से पहले ही मेरी हत्या कर देती। मुझे हरपल दहशत में तो न जीना पड़ता बेटी की ज़िरह सुनकर मां निरुत्तर हो गई।

क्यों

रात के अंधेरे में वह अपनी पत्नी की गोद से बच्ची को छीन रहा था और उसकी पत्नी सीने से लगाए उसे बचाने के निमित्त संघर्ष कर रही थी। वह उसे अनेक यातनाएं दे चुका था। उसके शरीर का पोर-पोर दुःख रहा था। वह दर्द से कराह रही थी।

इतनी देर में उसकी क्रूर सास ने दहाड़ लगाई तथा अपनी कर्कश ध्वनि में उसे अपनी बेटी को साथ लेकर घर से निकल जाने का फैसला सुना डाला। वह मासूम ग़ुहार लगाती रही कि इस समय वह बच्ची को अपने साथ कहां लेकर जाए?

उन्होंने उसे धक्के मारकर बाहर निकाल दिया। उसके नेत्रों से बरसते आंसू मां-बेटे को द्रवित नहीं कर पाए। थोड़ी दूर जाने पर वह सड़क के किनारे बैठ गई। थोड़ी देर में एक चमचमाती कार वहां उन्हें रौंदते हुए निकल गई।

कार का मालिक उन्हें कोस रहा था। 'सड़क को अपने बाप की जायदाद समझा है जो यहां डेरा डाले बैठी थी। पता नहीं क्या मंशा रही होगी उसकी.....चलो! मैंने उसे मुक्ति प्रदान कर दी।' इंसान स्वयं को बेग़ुनाह साबित करने के लिए दूसरों पर कितनी आसानी से दोषारोपण कर देता है। ज़माने का चलन ही यही है कि बेटी के जन्म के लिए दोषी ठहराया जाता है औरत को जबकि इसके लिए उत्तरदायी होता है पुरुष। वह सदैव अपनी पत्नी पर हावी रहता है और वह मासूम उसके ज़ुल्मों के सामने निरुत्तर हो जाती है। इसके लिए

दोषी उसका पति है या मां, जिसने उसे बचपन से संस्कारित नहीं किया या हमारी सामाजिक व्यवस्था...जो बेटे-बेटी में भेद दर्शाती है या वह सिरफिरे लोग जो अपनी रफ़्तार पर अंकुश नहीं लगाते और गरीबों को कीड़े-मकौड़ों की भांति रौंदते हुए आगे बढ़ जाते हैं।

दर्द भरी दास्तान

एक महिला का दूसरी महिला को गुमराह कर अपने साथी मित्र के यहां पहुंचाना कि यदि वह चाहे उसके यहां काम कर सकती है। परन्तु मित्र द्वारा उसे वहां से बाहर न निकलने देना, प्रतिदिन रेप करना, उस मासूम की दर्द भरी दास्तान बयान करने के लिए बहुत है।

वह महिला जिसके पति का अभी दस दिन पहले देहांत हुआ हो, उसे घरवालों का मनहूस कहकर घर से रुख़सत कर देना....उसका बच्चों को लेकर किराए के मकान में रहना तथा काम की तलाश में किसी महिला एजेंट से सम्पर्क करना ...एक पढ़ी-लिखी युवती का किसी के घर में काम करने का अवसर प्राप्त होने पर स्वयं को भाग्यशाली समझना, स्पष्ट करता है कि एक मां अपने बच्चों को भूखा तथा कष्ट में नहीं देख सकती....उनके लिए सब कुछ करने को तत्पर हो जाती है।

परन्तु जब उसकी मजबूरी का फ़ायदा उठाया जाता है तो वह स्वयं को कोसती है। अवसर पाकर पुलिस स्टेशन जाती है, वहां भी उसकी गुहार को अनेदखा कर कोई कार्यवाही नहीं की जाती। वह मासूम अपने आत्म-सम्मान को दांव पर लगाकर न्याय की तलाश में न्यायालय पहुंचती है, परन्तु वहां से भी वह अभागिन परेशान-पशेमॉन सी लौट आती है। एक एन. जी. ओ. पर विश्वास कर वह आगे बढ़ती है ताकि उस दरिंदे और उसकी महिला सहयोगी को दण्ड मिल सके और वे भविष्य में ऐसा दुष्कर्म कर किसी का जीवन नरक न बना सकें।

नतीजा

सुप्रीम कोर्ट का यह निर्णय आने पर पुरुष वर्ग ने ही नहीं, महिलाओं ने भी सुख की सांस ली है कि किसी महिला की शिकायत पर उसके पति व ससुराल वालों को छानबीन पूरी होने से पहले गिरफ्तार नहीं किया जा सकेगा। वास्तव में कोर्ट ने पुरुष व्यथा को समझा है। वर्षों से इस बारे में आवाज़ उठाई जा रही थी... जब निर्दोष लोगों को जेल की हवा खानी पड़ती थी तथा उनके सम्बन्धियों को प्रताड़ना सहन करनी पड़ती थी, वे भी स्वयं को अपराधी अनुभव करते लगते थे।

– कामिनी! जानती हो....मैंने अपने पति व ससुराल वालों पर मुकदमा दर्ज करवा दिया है। अब यह घर मेरा है, मैं सारी जायदाद की मालकिन हूं।

– क्या कह रही हो...तुम कितना बदल गई हो....ज़रा सोचो, कितना गिर गई हो तुम....पैसे के लिए तुम सब कुछ भुला बैठी हो। यह पैसा तुम्हारे किसी काम नहीं आयेगा, यह तो हाथ की मैल है और सम्बन्ध शाश्वत हैं। यह जानकर मुझे बहुत निराशा हुई और मैंने 498 ए के कानून के विरुद्ध लिखना प्रारम्भ कर दिया। यदि महिला इसके लिए दोषी पाई जाती है तो उसे कड़ी-से-कड़ी आजीवन कारावास सज़ा मिलनी चाहिए ताकि उसे जेल के सींखचों के पार प्रायश्चित करने का अवसर प्राप्त हो तथा अन्य लोगों को इससे संदेश मिले कि गलत कार्य का नतीज़ा सदैव गलत ही होता है।

वारिस

वारिस पाने के लिए एक पत्नी किस प्रकार हामी भर देती है और अपने पति का दूसरा विवाह करवाने को तत्पर हो जाती है, यह देखकर आश्चर्य होता है। उसके ससुर अपने बड़े बेटे का निक़ाह किसी दूसरी लड़की से करवाने का निर्णय लेते हैं, जो उन्हें वारिस दे सके।

जब वह अपने पति को सलाह देती है कि क्यों न हम छोटे बेटे का निक़ाह उससे करवा दें, इस पर उनकी पुत्रवधु बिफ़र उठती है कि उसे अपने

पति से वारिस चाहिए। यह सुनकर इंसान सोचने पर विवश हो जाता है कि सम्पत्ति पाने के लिए एक पत्नी अपने पति को बांटने के लिए तैयार हो जाती है। इस स्थिति में किसी को ख्याल नहीं आता कि उस मासूम का भविष्य क्या होगा, जिसे वारिस पैदा करने के पश्चात् उस घर से रुख्सत कर दिया जायेगा। किसके सहारे वह अपनी ज़िन्दगी ढोयेगी। कितनी आपदाओं का सामना करना पड़ेगा उसे...क्या वह एकदिन भी उस घर में चैन से गुज़ार पायेगी ?

कैसा निर्णय

अपनी बहिन के मुख से ये शब्द सुनते ही सीमा सकते में आ जाती है।

'तुम इसका विवाह उस घर में कर दो, बहुत सुखी रहेगी।'

'परन्तु तुम तो जानती हो, यह विवाह नहीं, सौदा है। वहां उसे पत्नी का दर्जा कभी नहीं मिल पायेगा और जब उसे यह मालूम होगा तो वह सर पटक कर हमें कोसेगी। हम कैसे मुंह दिखला पायेंगे उसे...कैसे सामना कर पायेंगे उसकी नज़रों का...'

'तुम एक बात भूल रही हो, यदि एक बेटी का सौदा करने से पूरे घर के हालात सुधर जाते हैं तो ऐसा करने में तुम्हे संकोच नहीं करना चाहिए।'

अपने पति की मर्ज़ी के विरुद्ध वह कुछ नहीं कर सकती। वह लड़के के पिता से पैसे ले लेती है तथा सबके दिन बदल जाते हैं। सारे घर में प्रसन्नता का वातावरण छा जाता है।

'वह अपनी मां से बार-बार यह प्रश्न करती है कि आखिर कौन देकर गया है तुम्हें ये पैसे.... कल तक तो यहां चूल्हा जलाने के लाले पड़े थे, आज अचानक.....' उसकी मां उसे चुप रहने का संकेत देती है। कहीं उसके पिता की नींद में खलल पड़ गया तो तूफ़ान आ जायेगा। वे अपना आपा खो बैठेंगे।

परन्तु अब वह हर परिस्थिति का सामना करने को तैयार है, क्योंकि उन्होंने उसे नरक में धकेलने का निर्णय कर लिया है। काश! उसके माता-पिता ने स्वार्थवश यह निर्णय न लिया होता।

मैदानेजंग

वह शख्स पल भर में तेवर बदल लेता है, गिरगिट की तरह रंग बदलने में उसे महारत हासिल है। बड़े अफसरों के यहां जाकर शिकायतों के अंबार लगाना उसका शौक है, जिसे उसने बरसों से अपने पेशे के रूप में अपना रखा है।

'साहब! वह अपनी मनमानी करती है और मुझे तो कुछ समझती ही नहीं। उस पर अंकुश लगाओ अन्यथा अनर्थ हो जायेगा।' अपनी बात के समर्थन के लिए वह दूसरे कर्मचारियों का सहारा लेने में भी संकोच नहीं करता। उस पल वह भूल जाता है कि कल तक वे हरपल उसकी निन्दा करते थे, उसके विरुद्ध बोलते थे। आज वह उसके हिमायती हो गए हैं।

बॉस का बिना छानबीन किए फोन पर यह सब कहना उसके अंतर्मन को घायल कर देता है। वह बिफ़र उठती है और उसी पल वहां से जाने का निर्णय लेती है। अगले पल उसके भीतर यह विचार कौंधता है कि इंसान को विषम परिस्थितियों का सामना करना चाहिए, न कि उनसे भयभीत होकर मैदाने जंग का त्याग करना।

अधूरापन

पत्नी के अस्पताल में दाखिल होने पर पति का ऑफिस में आना, इधर-उधर घूमना, मनोमस्तिष्क को हिलाकर रख देता है। उन्हें देखकर ऐसा आभास होता है कि वे दोनों एक छत के नीचे रहते हुए भी एक दूसरे के पूरक नहीं। वे थोड़ी देर भी इकट्ठे नहीं बैठ सकते। शायद! इसीलिए पत्नी को आई. सी. यू. में छोड़कर पति का निश्चिंत होकर घूमना मन में असंख्य प्रश्न उत्पन्न कर देता है। काश! जीवन केअंतिम पड़ाव में उसने जीवन की सार्थकता को समझा होता। पत्नी के बिना जीवन के अधूरेपन की कल्पना की होती तो उसका व्यवहार उसके प्रति सहानुभूतिपूर्ण होता।

मन की बात

आज कॉलोनी में सुबह से एक ही चर्चा थी कि रोमेश ने खुदकुशी कर ली। वह चंद दिन पहले ही छुट्टी लेकर घर आया था। उसकी पत्नी भी उसके साथ थी। देर रात तक पति-पत्नी में किसी बात पर वाद-विवाद होता रहा। वह पति को विवश कर रही थी कि उसके पापा ने अपनी बेटी के नाम पर दो फ्लैट बुक करवाए हैं और तुम्हारे नाम पर एक......कैसा न्याय है यह! एक तो वह घर छोड़कर आ गई है, दूसरा अब पापा की सारी जायदाद हथिया लेना चाहती है।

रोमेश ने अपनी पत्नी को समझाने की चेष्टा की कि पापा ने बंटवारा नहीं किया....तुम तो व्यर्थ परेशान हो रही हो। जब समय आयेगा तब देख लेंगे। परन्तु पत्नी पर तो जैसे कोई भूत सवार था। सुबह रोमेश की लाश पंखे से लटकी हुई मिली, जिसे देख उसके पिता सकते में आ गए। वे अनुमान नहीं लगा पाए, आखिर विवाह के एक माह पश्चात् उनकी पुत्रवधु को उस घर में क्या कमी नज़र आई, जिससे उनकी ज़िन्दगी में सुनामी सब कुछ लील गया। काश! रोमेश ने एक बार तो उससे अपने मन की बात की होती।'

रामू

रामू अनमने मन से घर की ओर लौट रहा था। दिन ढलते, गोधूलि की बेला में सब पशु-पक्षी अपने घरौंदों की ओर प्रसन्नता से चल देते हैं। परन्तु रामू के कानों में अपने बेटे के शब्द गूंज रहे थे।

'पापा! आज तुम मेरे लिए किताबें तथा बैग लेकर आना। मैं भी कल से स्कूल जाऊंगा....पढ़ लिखकर बड़ा आदमी बनूंगा।'

परन्तु वह नादान कहां जानता है कि यह सब विधाता ने हम गरीबों के भाग्य में लिखा ही नहीं। हमें तो उम्र भर मालिक का हुक्म बजाना है....बंधुआ मज़दूरी करनी है।

रास्ते में वह यही सोचता है कि वह अपने बेटे को इस तथ्य से कैसे

अवगत कराए कि उसे भी ज़िन्दगी को इसी प्रकार ढोना है और सपने देखने का अधिकार उन्हें भगवान ने दिया ही नहीं। शाम को लौटने पर पिता को खाली हाथ देख वह सब कुछ समझ गया और उसकी वाणी मूक हो गई।

मीडिया

मीडिया वालों के हाथ बहुत लम्बे होते हैं। वे पलभर में इंसान को धरा से आकाश में पहुंचा सकते हैं और जब चाहें ज़मीन पर पटक सकते हैं क्योंकि आज कल सब कुछ बिकता है। इन्सान व ईमान दोनों बिकाऊ हैं।

सौरभ पर शिकंजा कसा गया था कि उसने तस्करी की है, जबकि वह तो इस तथ्य से वाक़िफ भी नहीं था। उसके परिवार वालों के लाख गुहार लगाने पर किसी ने उन पर विश्वास नहीं किया क्योंकि वे अपराधी को बचाना चाहते थे जो किसी बड़े अफसर का चहेता था।

तीन महीने तक सौरभ व उसके परिवारजनों के साथ अमानवीय व्यवहार किया गया, शारीरिक व मानसिक यंत्रणाएं दी गईं और सौरभ टूट गया। उसने खुदक़ुशी कर ली। आज सौरभ के घर मातम पसरा था तथा उस अपराधी के घर जश्न मनाया जा रहा था। काश! मीडिया वाले सत्य को उजागर करने का दायित्व निर्वाह करते तो उस मासूम को अपनी जान न गंवानी पड़ती।

विवाह बनाम व्यापार

एक माह पहले जिस बेटी को बड़े अरमानों से विदा किया था, उसे अकेले अपने द्वार पर देख वह सकते में आ गया। उसके शरीर पर पड़े चोट के निशानों ने उसकी व्यथा कथा को उजागर कर दिया। बेटी को सीने से लगा वह

बार-बार यही कह रहा था कि वह उसके ससुराल वालों से बात करेगा और उन्हें स्पष्ट शब्दों में कह देगा कि उसने तो अपनी एकमात्र सम्पत्ति घर को गिरवी रखकर महक को विदा किया था। उसका इस दुनिया में कोई नहीं है। जब भी उसके पास पैसे होंगे, वह उन्हें अवश्य दे देगा। वह दिन रात मज़दूरी कर उनकी मांग पूरी करने का प्रयास करेगा।

अगले दिन वह महक के ससुराल गया और उस घर में लटकता ताला देख वह अपनी सुध-बुध खो बैठा। आस-पड़ोस में पूछने पर पता लगा कि नित नई दुल्हन के साथ विवाह रचाना उनका पुराना धंधा है। विवाह उनके लिए व्यापार है, जिसे वे सम्पन्न कर दूसरे स्थान पर जाकर शतरंज की बिसात बिछाते हैं।

काश! लोगों ने कम-से-कम विवाह को तो अपने षड्यंत्र से मुक्त रखा होता।'

सुखी परिवार

आज कल लोगों का यह चलन हो गया है कि वे बचपन से अपनी संतान की हर बात मानने लगते हैं तथा उन्हें परिवार के दायित्वों से मुक्त रखते हैं। बड़े होने पर माता-पिता उनसे अपेक्षा करते हैं कि वे संबन्धों की गरिमा को समझें...परिवार की परिभाषा व उत्तरदायित्व का निर्वहन करें।

उन्हें मानसिक आघात तब लगता है, जब बच्चे उन्हें अकेला छोड़ अपनी अलग दुनिया बसा लेते हैं और वे शून्य छत व बंद दरवाज़ों को निहारते रहते हैं। उन्हें प्रतीक्षा रहती है उन अपनों की जो लौटकर नहीं आते।

जीवन की संध्याबेला में वे चिन्तन करते हैं कि इसके लिए दोषी बच्चे हैं या वे स्वयं, जिन्होंने जीते-जी अपना जनाज़ा देखने का उपक्रम किया।

यदि वे उन्हें अच्छे संस्कार देते, रिश्तों की अहमियत समझाते, उन्हें उनके कर्त्तव्यों से अवगत कराते तो उन्हें ये दिन न देखने पड़ते....उनका सुखी परिवार होता, उनका घर-आंगन बच्चों की किलकारियों से गूंजता और वे उनका अक्स बच्चों में निहार पाते।

भटकन

नौकरी छूट जाने के कारण वह दिन भर इधर-से-उधर भटकता रहता और उसकी पत्नी सुबह तैयार होकर अपने ऑफ़िस चली जाती। वह घर के शेष काम निपटाता और निकल पड़ता....नौकरी की तलाश में, परन्तु उसके हाथ निराशा ही लगती।

एक दिन वह अस्पताल में गया, जहां उसे बतलाया गया कि वह कैंसर से पीड़ित है। वहां उसे पड़ोस की एक लड़की मिल गई, जो उसे उसके घर छोड़ आई तथा उसकी पत्नी को सूचित करने की बात कही। इतना सुनते ही उसके नेत्रों से अश्रुधारा प्रवाहित होने लगी। उसने उससे करबद्ध प्रार्थना की कि उसे इस तथ्य को छिपाकर रखना होगा क्योंकि वह जानता था कि यदि उसकी पत्नी यह जान गई तो वह उसी पल उसे छोड़कर चली जायेगी।

यदि आजकल भी लोग सप्तपदी की महिमा को समझते तो एक डोर से बंधने के पश्चात् उसे तोड़ने की कल्पना न करते। एक-दूसरे के प्रति आश्वस्त रहते।

हृदयविदारक

घर के मालिक का अपनी कामवाली बाई, सलमा जिसकी आयु अभी 16 वर्ष रही होगी, के साथ दुष्कर्म करना हृदय को हिलाकर रख देता है। थोड़े दिन पश्चात् वह पुनः उसकी अस्मत पर हाथ डालता है, जिसे उसकी 12 वर्ष की बेटी शामली देख लेती है। अब वह भी उसके पास जाने से, छूने से कांपने लगती है और पिता को स्पष्ट शब्दों में कहती है कि 'तुम मेरे पापा नहीं हो और मैं तुमसे नफ़रत करती हूं।'

बेटी के ये शब्द उसके अंतर्मन को कचोटते हैं। वह अपनी पत्नी को इस हक़ीक़त से अवगत करा देता है कि वह अपराधी है और वह अभागा अपनी तथा शामली की नज़रों से गिर चुका है।

वह पश्चाताप की अग्नि में जलने लगता है और पुलिस स्टेशन जाकर

अपना गुनाह कबूल करने का मन बना लेता है। इसी बीच सलमा अपने साथी वाचमैन के साथ घर छोड़कर चली जाती है, जो उसे घर व नाम देने का वचन देता है। मालकिन उन दोनों पर चिल्लाती है, परन्तु वे अपना मुंह बन्द रखते हैं। उनके जाने के पश्चात् शामली अपनी मम्मी को पापा के दुष्कर्म के बारे में बतला देती है, जिस पर वह आहत होती है तथा अपने पति से उस घर को छोड़ने को कहती है।

सच ही है कि एक बार यदि कदम ग़लत राह पर उठ जाते हैं तो उन्हें रोकना कठिन हो जाता है। हां! इंसान वैसे भी अपनी औलाद के सामने ही झुकता है क्योंकि उनकी तीक्ष्ण नज़रों का सामना करने का साहस वह कभी भी जुटा नहीं पाता।

अहंतुष्टि

एक विवाह समारोह में भाग लेने पहुंचे शर्मा दम्पत्ति सबसे हंस-हंस कर मिल रहे थे। सभी मिसेज़ शर्मा की तारीफ़ कर रहे थे कि वे उनकी टीचर रही हैं तथा उनका स्वभाव बहुत ही सरल व सहज है... वे बहुत शालीन हैं। इतने बड़े ओहदे पर पहुंचने पर भी अहं उन्हें छू नहीं पाया।

मिस्टर शर्मा ने पलटकर कहा, मैं जानता हूं कि मैं उनके साथ कैसे निर्वाह कर रहा हूं। सबके साथ व्यवहार के अलग-अलग पैमाने होते हैं। तभी एक डॉक्टर दम्पत्ति ने कहा कि 'कपड़े का स्वरूप कैसा भी हो, धागा तो एक ही होता है। इसलिए मूल स्वभाव, सहज प्रकृति, दैवीय गुण जो इन्सान में होते हैं वे कभी नहीं बदलते।'

इतना सुन कर मिस्टर शर्मा निरुत्तर हो गए और वह सोचती रही कि आखिर आज उसके पति ने उसका तिरस्कार सबके मध्य ईर्ष्यावश एवं अपनी अहंतुष्टि के लिए किया या वह आजीवन उसके पैसे हथियाने के लिए उसे झेलता रहा।

दंश

'तुम यह नौकरी छोड़ क्यों नहीं देती....लोग कहते हैं कि हम लोग लालची हैं....पैसे के पीछे हम इस उम्र में अलग-अलग रहते हैं।' शुभा ने पति को लोगों की बात अनसुनी करने को कहा। लोग किसी को उन्नति करते देख नहीं सकते, सो ईर्ष्यावश दूसरों के घरों में आग लगाने का काम करते हैं।

'आपको तो मुझसे कोई शिकायत नहीं हैं ना- सो हम दूसरों की बात क्यों सुनें? आप अपना काम समाप्त करके वहां चले आइए, वैसे भी अब यहां लौटने का मन ही नहीं करता।'

'वे जो साथ रहते हैं, कितने क़रीब हैं एक-दूसरे के .....कितना समझ पाए हैं वे एक-दूसरे को....हर समय शिकायतों का अम्बार लगाए रहते हैं, अब हमारे घर पर निशाना साधे हैं।'

'तुम रोज़-रोज़ क्यों वहां जाकर बैठे रहते हो।' शुभा ने अपने पति से गुहार लगाई कि वह काम करना चाहती है तथा उन बुलंदियों को छूना चाहती है जिसकी कल्पना उसने की है। उसे किसी के आश्रय की दरक़ार नहीं है। वह जानती है साथ और पास रहने के अन्तर को....क़रीब रहते हुए मन के अजनबीपन का अहसास है उसे, दफ़न हुई उन संवेदनाओं का ...जो नासूर बन उसे आजीवन सालती हैं।

शुभा परेशान थी अपनों के दिए दंश से जो उसके पति के मन में कड़वाहट को पल्लवित कर रहे थे।

करमजली

शीला और रामू का विवाह बचपन में हो गया था। आठ वर्ष बाद शीला का गौना होना निश्चित हुआ हुआ था। इस बीच रामू ने शहर में रहकर पढ़-लिख कर अच्छी नौकरी प्राप्त कर ली थी। उसने वहां अपनी पसन्द की लड़की से विवाह भी कर लिया था। यह जानकर उसके परिवारजन बौखला गए और उन्होंने रामू को खूब भला-बुरा कहा। अंत में रामू ने शीला के माता-

पिता से क्षमा याचना करते हुए उन्हें विवाह पर हुआ खर्च लेने को कहा परन्तु इस पर उन्होंने इन्कार कर दिया।

अब सबने उसे करमजली कहना प्रारम्भ कर दिया। माता-पिता ने शीला से दूसरा विवाह करने की बात कही, परन्तु उसने इन्कार कर दिया। उसके मन में यह धारणा घर कर गई थी कि 'यदि उसके भाग्य में सुख लिखा होता तो सम्बन्ध-विच्छेद क्यों होता ?' रामू के नाम का सिंदूर शीला ने आजीवन अपनी मांग में सजाया। परन्तु अंतिम समय में उसके पति को सूचित किया गया जिसने उसे बरसों पहले त्याग दिया था। उसने वहां आकर शीला की मांग में चुटकी भर सिंदूर लगाया और मुख में तुलसीदल व गंगा जल डाला। वह अलविदा, कहते हुए मानो सबसे कह रही थी, 'अब तो मुझे 'करमजली' नहीं कहोगे न....'

अकूत संपत्ति

पति के देहांत के पश्चात् शालू के जीवन में अप्रत्याशित परिवर्तन आया मानो उसके तो दिन ही बदल गए। अब वह अकूत सम्पत्ति की मालकिन थी। उसकी इकलौती बेटी उसकी वारिस थी। चंद दिनों बाद नया घर, फर्नीचर व गाड़ी खरीदना यही दर्शाता है कि जब तक पति ज़िन्दा थे उसकी दशा दयनीय थी। वह दिन रात घर-परिवार के दायित्व के नीचे दबी रही थी, परन्तु पति का साथ छूटते ही उसके जीवन ने अचानक करवट ली।

अब उसके बात करने का अंदाज़ ही बदल गया था। ऐसा क्यों न हो, पैसा आने से इंसान के तेवर बदल जाते हैं। इसे पति के न रहने का शोक कहें या सुख-सुविधाएं पाने की असीम खुशी...निर्णय आप स्वयं कीजिए।

भूल

एक पति का अपनी पत्नी के सम्मुख भूल को स्वीकारना, उससे क्षमा याचना करना तथा उस पर पूरा हक़ जताना मन में अनेक प्रश्न उत्पन्न करता है। वह अनेक वर्षों तक अपनी सहयोगी मित्र का शोषण करता रहा और जब उसे पता चला कि वह मां बनने वाली है, उसने उसे रास्ते में हट जाने को कहा। उसने पैसे के बल पर उसे खरीदना चाहा, जिसके लिए वह तैयार नहीं हुई।

उसने दूसरी औरत के सामने ग़ुहार लगाई कि वह अपनी पत्नी से बहुत प्यार करता है। परन्तु जब उसने उसकी संतान को जन्म देने का निर्णय कर लिया, तो वह सकते में आ गया। उसने पेंतरा बदलते हुए अपनी पत्नी से कहा, 'कैसी है तुम्हारी सोच... क्या तुम अपने पति की छोटी-सी भूल को क्षमा नहीं कर सकती।'

इस पर जब उसने पलटकर अपने पति से प्रश्न किया कि 'यदि यह सब उसने किया होता तो क्या वह सामान्य रहकर उसे अपना लेता?' पत्नी का उत्तर सुनने के पश्चात् वह निरुत्तर हो गया।

भीखू

भीखू उम्र भर उस कालोनी में वाचमैन के पद पर कार्य करता रहा। वह दौड़-दौड़ कर सबके काम पल भर में निपटा देता था। उन सब लोगों से भीखू को इतना स्नेह मिला कि उसने कभी अपने गांव का रुख ही नहीं किया।

परन्तु एक दिन वह बीमारी के कारण अपनी ड्यूटी नहीं दे पाया। उस दिन कालोनी में चोरी हो गई और उसका सारा इल्ज़ाम उसके माथे मढ़ दिया गया। सब ने उसे पुलिस में रिपोर्ट करने को मना किया, परन्तु वह नहीं माना। अंत में सब कालोनी वालों ने भीखू का पक्ष लिया और उनके अथक प्रयासों के पश्चात् उसे पुलिस के चुंगल से बचा लिया गया।

इस हादसे से भीखू टूट गया। उसने सबसे क्षमा याचना करते हुए अपने गांव लौट जाने की बात कही। आंसुओं का सैलाब लिए वह भारी मन से सबको

अलविदा कह चला गया। उसे विश्वास नहीं हो रहा था कि अमीर लोग पल भर में सब कुछ भुलाकर अपने तेवर पलभर में क्यों बदल लेते हैं ?

सौतेली मां

पत्नी के देहांत के पश्चात् सौरभ ने दूसरा विवाह कर लिया ताकि बच्चों का पालन-पोषण अच्छे ढंग से हो सके तथा उन्हें मां का प्यार-दुलार भी मिल सके।

तीन वर्ष तक सब कुछ अच्छे ढंग से चलता रहा। स्कूल में जब दोस्तों ने अशोक को बतलाया कि 'उसे अपनी सौतेली मां से दूर रहना चाहिए। वह उसे कभी भी हानि पहुंचा सकती है....उसके पापा से अलग कर सकती है।' यह बातें सुनकर उसका मन आहत हो गया और उसने स्कूल से लौटते ही अपनी मां से दुर्व्यवहार करना प्रारम्भ कर दिया।

उसने सौरभ से अशोक के अप्रत्याशित व्यवहार के बारे में चर्चा की। सौरभ हैरान था कि अशोक ने दोस्तों के कहने पर उनके प्यार व स्नेह को भुला दिया। लाख चाहने पर भी वे उसके मस्तिष्क से उन बातों को नहीं निकाल पाये। सुखी परिवार की शांति पर ग्रहण लग गया। सौरभ की पत्नी हरपल चिन्ता-मग्न रहती कि बच्चों का कोमल मन पलभर में दूषित हो जाता है। यह कथन सत्य नहीं है कि 'बच्चे गीली मिट्टी के समान होते है और उन्हें इच्छानुसार रूपाकार प्रदान किया जा सकता है।

आधुनिक महिला

आजकल लड़कियों का ऑफिस में जीन्स पहनकर आना, दिन भर मोबाइल पर बातों में उलझे रहना...मना करने पर जिरह करना वास्तव में सोचने

पर विवश कर देता है कि युवा पीढ़ी आखिर किस दिशा की ओर अग्रसर है।

आश्चर्य होता है उनके व्यवहार को देखकर कि वे चंद घंटे तल्लीनता से अपने काम में क्यों नहीं गुज़ार सकतीं....वे छुट्टी वाले दिन अपनी मन-पसन्द वेशभूषा क्यों नहीं धारण कर सकतीं। उनका तो एकमात्र मक़सद यह दर्शाना होता है कि वे अपने ढंग से जीवन जीती हैं। घर से दूर रहकर छुट्टी के दिन घूमने जाना, दोगली बातें करना सचमुच मन को हिलाकर रख देता है।

'मैं अपनी मर्ज़ी की मालकिन हूं....जहां जाना चाहूंगी जाऊंगी, जो करना चाहूंगी, करूंगी....आप मुझे नहीं रोक सकते।' परन्तु कुछ दिन के पश्चात् वह किसी हादसे की शिकार हो गई। इस पर सबने उसे बुरा-भला कहा तथा उसका मर्यादा के घेरे को तोड़कर अपने अंदाज़ से जीने का दोषी ठहराया।

'काश! उसने बचपन से बड़ों की बातों को अहमियत दी होती।'

अहंवादी

वह शख्स जो जीवन के अस्सी बसंत देख चुका है, आज भी दुष्कर्म करने व दूसरों को हानि पहुंचाने से गुरेज़ नहीं करता। उसके जीवन का मुख्य लक्ष्य है....दूसरों को नीचा दिखाकर स्वयं को सर्वश्रेष्ठ सिद्ध करना। इसके लिए वह सदैव झूठ व फ़रेब का सहारा लेता है। बड़े अफसरों के सम्मुख अतिशयोक्तिपूर्ण वर्णन करना, झूठी कहानियां गढ़ना उसके जीवन की हॉबी है, शौक है। इसके बिना तो वह ज़िन्दा रहने की कल्पना भी नहीं कर सकता। वह अहंवादी इंसान निरंतर इन गतिविधियों में तल्लीन रहता है। पलभर में पेंतरा बदलना, अपनी शेखी बघारना उसकी दिनचर्या है। वह स्वयं को पूरे संसार में सबसे योग्य व गुणगान स्वीकारता है, जैसे उस जैसा दूसरा इंसान परमात्मा ने दूसरा बनाया ही नहीं। पद-लिप्सा और अधिकाधिक धन कमाना उसके जीवन का लक्ष्य है।

इसके लिए वह किसी के सामने भी साष्टांग नत हो सकता है। ऐसे इंसान को आप क्या नाम देंगे...बुद्धिमान, निपट स्वार्थी या अंहवादी इंसान।

वैषम्य भाव

'मेरी पुत्रवधु महक ने मेरे बेटे को मुझसे जुदा कर दिया। वह अब केवल अपने ससुराल वालों के बारे में सोचता है, अपने परिवार से अब उसका कोई लेना-देना नहीं रहा।' पड़ोसन के ये शब्द मां के अंतर्मन को घायल कर देते हैं क्योंकि पहले वह अपनी मां को ख़ुदा से बढ़कर मानता था।

अनूप ने आठवीं की परीक्षा देते ही अपने पिता के साथ काम करना प्रारम्भ कर दिया था। आज तीस वर्ष से वह कार्य कर रहा है। विवाहोपरांत उसने आज तक अपनी पत्नी व बच्चों के बारे में नहीं सोचा, फिर भी उसके परिवार वालों के मन में यह बात पैठ कर गई है कि वह अब पराया हो गया है और उन्हें भुला चुका है। अनूप और उसकी पत्नी महक जब भी इस विषय पर विचार-विमर्श करते हैं, इस समस्या का समाधान पाने में स्वयं को असमर्थ पाते हैं। महक अपने पति की हर इच्छा को अहमियत देती है तथा अपना सर्वस्व न्योछावर करने को सदैव तत्पर रहती है।

परन्तु जब इंसान अपने मन में वैषम्य भाव को पनपने देता है, उसके सोचने-समझने की शक्ति समाप्त हो जाती है और सावन के अंधे की भांति उसे हरा ही हरा दिखाई पड़ने लगता है।

करवाचौथ

आकाश और रेखा के विवाह को पांच वर्ष हो गए थे। रेखा निरंतर अपने पति की हर उपेक्षा व ज़लालत सहन कर रही थी। आकाश ने कभी रिश्तों की अहमियत नहीं स्वीकारी.....न ही कभी उसके साथ दो बोल प्यार के बोले। हर पल रेखा को मिली थी, पति की प्रताड़ना, जिसे वह नियति स्वीकार सहन करती रही थी।

परन्तु आज उसके धैर्य का बांध टूट गया क्योंकि वह इस तथ्य से अवगत हो चुकी थी कि उसकी दोस्ती किसी अन्य महिला से है। इसीलिए वह उसकी ओर ज़रा भी तवज्जो नहीं देता। उसने शाम को अनमने भाव से आकाश

को भोजन परोसा और स्वयं भी खाना खाने बैठ गई। पति ने जब रेखा से प्रश्न किया कि उसका तो करवाचौथ का व्रत था, उसे तो चांद को देखकर खाना खाना था। यह सुनते ही रेखा बिफ़र पड़ी।

'नहीं चाहिए तुम जैसा पति...जिसके सम्बन्ध दूसरी औरत के साथ हों मुझे टुकड़ों में बंटे हुए पति की दरक़ार नहीं। सो! क्यों रखे वह करवाचौथ का व्रत....एक अधूरे इंसान के लिए।' आकाश के पास उसकी बातों का कोई उत्तर नहीं बन पड़ा।

अजनबीपन

सेवानिवृत्ति के पश्चात् शर्मा जी ने सारा पैसा बेटे के मकान बनाने पर खर्च कर दिया। मकान तो बड़ा बन गया, परन्तु दिल संगीन होते गए। धीरे-धीरे उनकी चारपाई बेडरूम से स्टोर में डलवा दी गई और अब उन्हें अपने निर्णय पर पछतावा होने लगा।

एक दिन मेहमानों के आ जाने पर उन्हें ग़ेराज में नौकर के साथ ठहरने की हिदायत दी गई। यह सुनते ही उन्हें मानसिक आघात लगा और वे दुनिया को अलविदा कह रुख़्सत हो गए और अपने पीछे एक प्रश्न छोड़ गए।'विवाह के पश्चात् आखिर संतान का रुख अपने माता-पिता के प्रति अजनबीपन का क्यों हो जाता है।'

इंतज़ार

संविधान ने आधी आबादी को समानाधिकार नहीं, अतिरिक्त दायित्व के बोझ से लाद दिया है। बेटे आजकल कहां बर्दाश्त कर पाते हैं अपनी गृहस्थी में किसी के आक्षेप को....शायद इसीलिए वे माता-पिता को पहले घर के बरामदे

की राह दिखलाते हैं, फिर स्टोर रूम या गेराज़ की ....जिसे नियति स्वीकार वे अपने ज़िन्दगी ढोने पर विवश होते हैं।

पिता के देहांत के पश्चात् दोनों बेटे अपने-अपने घर-परिवार में रम गए थे। मां को किसी ने औपचारिकतावश भी साथ चलने को नहीं कहा। आखिर में उसे अपने बेटी कामना के यहां शरण लेनी पड़ी जबकि उसकी आर्थिक स्थिति भी अच्छी नहीं थी।

परन्तु कामना ने मां की खूब सेवा की। कुछ दिनों पश्चात् मां ने पैतृक घर बेचने का निर्णय लिया और आधा-आधा पैसा अपने दोनों बेटों को देने का फरमॉन जारी कर दिया।

-क्या, तुम अपने बेटे-बहुओं के पास रह पाओगी ?

-हां! क्यों नहीं....मैं उनके हाथ आधी-आधी रकम थमा दूंगी। जानती हो! पैसे में चुम्बकत्व आकर्षण होता है। सो! अब मैं छः-छः माह दोनों के यहां रहूंगी।

-कामना को उम्मीद थी कि मां कुछ पैसे उसे भी देगी, जिससे वह अपना टप-टप करता हुआ घर ठीक करवा लेगी।

-परन्तु मां ने उसे अहसास दिलाया कि बेटियां तो विवाहोपरांत पराई हो जाती हैं, उनका मायके और उसकी जायदाद से कोई संबंध नहीं रहता।

- वह दिन दूर नहीं, जब बेटे तुम्हें घर से बाहर की राह दिखला देंगे। मां! थोड़े दिन के पश्चात् तुम रोते-बिलखते मेरे हिस्से में, मेरे घर पनाह पाओगी।

सुक्खू

दो दिन से सुक्खू के गले से एक निवाला तक नहीं उतरा था। आज उससे भूख बर्दाश्त नहीं हो रही थी। वह होटल के बाहर कोने में दुबक कर बैठ गया। जब वेटर वहां पर थालियों में बचे खाने को उंडेलते, वह ललचाई नज़रों से उस ओर देखता। जैसे ही वह जूठन बटोरने के लिए उसकी ओर हाथ बढ़ाता, किसी को सामने से आता देख सहम जाता।

वह देर रात प्रतीक्षा करता रहा कि होटल बंद हो जाने के पश्चात् वह अपनी क्षुधा शांत कर सकेगा...साथ ही कुछ खाना अपनी बीमार मां के लिए भी

ले जायेगा।

अभी वह इस कल्पना में खोया हुआ था कि उसे सामने से एक पुलिसकर्मी आता हुआ दिखाई पड़ा। वह उस पर बेवजह चिल्लाया....'साला! नशे का धंधा करता है या चोरी करने के इरादे से आया है।' पुलिस वाले ने उसे वहां से धकिया कर अपने साथ चलने को कहा।

सुक्खू उसके पांव पकड कर ग़ुहार लगाता रहा। सा...ब! दिन भर काम की तलाश में घूमता रहा, परन्तु निराशा ही हाथ लगी। मैं दो दिन से भूखा हूं तथा मेरी मां बीमार है। जब मुझसे भूख बर्दाश्त नहीं हुई तो मैं यहां चला आया।

सा.....ब! मुझे कोई काम दिलवा दो ताकि मैं अपनी बीमार मां का इलाज करवा सकूं...मेरा इस दुनिया में कोई नही हैं।

सुक्खू की दर्द भरी दास्तान सुनकर उसका हृदय द्रवित हो गया। पुलिस-कर्मी ने सुक्खू को होटल से खाना दिलवाया तथा कल मिलने का आदेश दिया। सुक्खू असमंजस में था कि वह उसे देवता माने या जल्लाद।

क्या नाम दूं

बेटे की चाह में शर्मा दम्पत्ति ने कितनी मन्नतें मागीं....हर मंदिर और दरग़ाह पर जाकर माथा रगड़ा, परन्तु विवाह के बारह वर्ष के पश्चात् उनके आंगन में किलकारियां मारने वाले बच्चे ने दस्तक दी। सारे गांव में थाली बजाकर लड्डू बांटे गए।

वे दोनों अब बहुत प्रसन्न थे। समय पंख लगा कर जाने कब उड़ गया। उनका बेटा इंजीनियर बन गया। एक विदेशी कम्पनी में उसे काम मिल गया और उसने वहीं विवाह भी कर लिया। एक लम्बे अंतराल के पश्चात् वह सपत्नीक गांव में आया और अतिव्यस्तता का बहाना बनाकर अगले दिन ही लौट गया।

पति-पत्नी परस्पर विचार-विमर्श करते रहे कि कितना सफेद हो गया है आजकल बच्चों का खून...वे बड़े होने पर माता-पिता की ओर पलटकर देखना ही नहीं चाहते। मां के निधन पर भी वह नहीं आया और दो वर्ष बाद पिता

भी चल बसे। पड़ोसियों ने उसे सूचित किया और प्रतीक्षा करने के पश्चात् उनका दाह-संस्कार किया गया।

वाह री, दुनिया क्या इसी दिन के लिए इंसान वंशज की कामना करता है, मंदिर-मस्जिदों में जाकर माथा रगड़ता है और वह वंशज उनकी अतिम यात्रा में भी शरीक़ नहीं होता तो क्या गुज़रती होगी परिवारजनों के दिल पर.... 'ऐसी औलाद को क्या नाम देंगे आप ?'

दलील

विवाह से पूर्व माता-पिता ने सुरेखा को सीख दी कि उसे अपने पति की अनुगामिनी बन जीवन की राहों पर निरंतर बढ़ना है। उसके हर आदेश की अनुपालना करनी है क्योंकि पति का दर्जा भगवान के बराबर होता है। वह उसका जीवन मांझी उसे हर आपदा से बचाने का प्रयास करता है।

इस पर सुरेखा ने तुनक कर कहा, 'मां! पति-पत्नी को संविधान ने समानता का अधिकार दिया है, परन्तु समाज के ठेकेदार आज भी औरत की आधी ज़मीन पर कब्ज़ा किए बैठे है। मां! यदि पति अपनी पत्नी को नाम लेकर पुकार सकता है तो पत्नी के ऐसा करने पर बवाल क्यों उठता है ? मैं इन दकियानूसी ख्यालों में विश्वास नहीं रखती। तुम शेखर को साफ-साफ बतला देना....यदि उसे मुझसे ऐसी अपेक्षाएं हैं तो वह सम्बन्ध विच्छेद के लिए तत्पर है।'

सुरेखा की मां उसके विचारों को जानकर हैरत में पड़ गई कि वह ठीक है या उसकी बेटी....क्योंकि सुरेखा की दलीलों का उसके पास कोई जवाब नहीं था।

सम्बन्धों का मूल

संजना होटल में अपनी सखियों को ठहाके मारकर बतला रही थी कि

आज उसने अपने ससुराल वालों को जेल की सीखचों के पीछे पहुंचा दिया है और अब वह पूरी सम्पत्ति की अकेली मालकिन है। इस पर उसकी सहेली रानी ने उससे पलटकर पूछा,

-आखिर उनका जुर्म क्या था ?

-वे बेचारे तो बहुत सज्जन हैं। इसलिए ही विवाह से पूर्व उसकी नज़रें अपने ससुराल वालों की सम्पत्ति पर थी। इसीलिए उसने मानसिक रूप से अस्वस्थ इंसान से विवाह रचाया था।

-हां! हम लोगों को एकदूसरे से कोई शिकायत नहीं थी। पैसे से तो सब सम्बन्ध खरीदे जा सकते हैं और उसके अभाव में अपने भी अपनों से दूर हो जाते हैं।

रानी अब यह सोचने पर विवश हो गई थी कि आखिर संजना किन संबंधों की बात कर रही है....वे संबंध जो जन्मजात होते हैं या बाद में बनते हैं। संजना के लिए सब सम्बन्धों का मूल पैसा है, जिसके पीछे दुनिया पागल है।

आत्मचिन्तन

अपनी बेटी रेखा का नौकरी करना, देर रात गाड़ी में लौटना, उसके माता-पिता को शंकाओं के घेरे में क्यों नहीं डालता...वे समय रहते उसके बढ़ते कदमों पर अंकुश क्यों नही लगाते ? शायद इसलिए कि वह घर-परिवार की ज़रूरतों को पूरा कर रही है तथा समाज में उनका रुतबा बढ़ा रही है। इन परिस्थितियों में वे स्वार्थवश अपनी आंखें मूंद लेते हैं।

परन्तु जब उनकी बेटी गलत राहों पर चलने लगती है तो वे दूसरों पर दोषारोपण करते हैं.....समाज को उसके लिए दोषी ठहराते हैं। बरसों तक उन्हें परिवार के मान-सम्मान का ख्याल नहीं आता क्योंकि वह उनकी आवश्यकताओं की पूर्ति ही नहीं करती, उन्हें साधन-सम्पन्न भी बनाती हैं। काश! उन्होंने आत्मावलोकन कर आत्म-चिन्तन किया होता तो उनकी बेटी का जीवन नरक न बनता।

समय का फेर

शामलाल का सुखी-सम्पन्न परिवार था। परन्तु अचानक व्यापार में घाटा पड़ने के कारण उनका सब कुछ बिक गया और वे सड़क पर आ गए। उनके पास सिर छुपाने को छत भी नहीं बची।

उनकी तीन संताने थीं। बड़ा बेटा नमन कॉलेज में पढ़ता था...पढ़ता क्या, ऐश कर रहा था। एक बेटी रुपाली जिसने इन विषम परिस्थितियों में 84 प्रतिशत अंक प्राप्त कर दसवीं की परीक्षा पास की थी और सबसे छोटी बेटी अभी सातवीं में पढ़ रही थी।

रुपाली आगे पढ़ कर अपने सपनों को साकार करना चाहती थी, परन्तु माता-पिता की विवशता के सम्मुख वह मौन रह जाती थी। उसने सबसे गुहार लगाई कि यदि वे उसकी पढ़ाई का खर्च वहन कर लें तो वह नौकरी मिलने के पश्चात् उनका कर्ज़ चुका देगी। परन्तु किसी ने भी उसकी सहायता करने को कदम नहीं बढ़ाया। उसने ट्यूशन देनी प्रारम्भ कर दी तथा प्राइवेट रूप से अपनी पढ़ाई जारी रखने का निश्चय किया।

वह दिन रात परिश्रम करके अपने पिता का हाथ बंटाने लगी। परन्तु उसके बड़े भाई नमन ने उनकी ज़िन्दगी को नरक बना कर रख दिया। वह शराब पीकर घर लौटता और रात दिन घर में उत्पात मचाता। उसे किसी से कोई सरोकार नहीं था। उसे तो पैसा चाहिए था... मटरगश्ती के लिए......जो अब उनके पास नहीं था। काश! उस कलयुगी बेटे ने अप्रत्याशित आपदा के समय अपने परिवार का हाथ बंटाया होता तो वे सब इस संकट से आसानी से उबर पाते... क्योंकि एकता व संगठन में बहुत बल है।

महासमर

विवाह के पश्चात् चार वर्ष तक रावत परिवार को वंशज न दे पाने के कारण घर में हर समय कोहराम मचा रहता था तथा दूसरे विवाह के बारे में चर्चा अक्सर होती रहती थी। अचानक एक दिन रेवती को तलाक़ के कागज़ों पर

हस्ताक्षर करने को कहा गया और उसके मना करने पर आरम्भ हो गया ज़ुल्मों का सिलसिला। तीन माह पश्चात् उसे दूध में ज़हर डालकर पिला दिया गया और उनके रास्ते का कांटा निकल गया।

रेवती तो रुख्सत हो गई इस दुनिया से......परन्तु अपने पीछे अनगिनत प्रश्न छोड़ गई...आखिर उसका दोष क्या था ? क्या उसके पति की प्रजनन क्षमता का कोई प्रमाणपत्र था। उसके परिवार के पास, जिसके आधार पर उन्होंने रेवती को बांझ कह उससे जीने का अधिकार छीन लिया और वे ख़ुदा बन बैठे। काश! रेवती के माता-पिता अंतिम सांस तक यह महासमर लड़ते रहे ताकि भविष्य में कोई भी स्त्री की हत्या करने से पहले सौ बार उसके परिणामों के विषय में चिन्तन करे।

ज़मीर

मंजुला तथा संबल बी. कॉम. करने के पश्चात् एम. बी. ए. कर रहे थे तथा उन्होंने जीवन पथ पर निरंतर साथ देने का वादा किया था। मंजुला के माता-पिता के लाख समझाने पर भी उसने संबल से विवाह कर लिया। एक माह पश्चात् ही संबल का असली चेहरा सबके सामने उजागर हो गया।

संबल की मां उसे घर में ही वेश्यावृत्ति के धंधे में धकेलना चाहती थी। मंजुला के लाख विरोध करने पर भी उसे शतरंज का मोहरा बना लिया गया और यह सिलसिला निरंतर चल निकला।

मंजुला हरपल स्वयं को प्रश्नों के चक्रव्यूह में घिरा पाती.....आखिर क्या कसूर था उसका....अपने सहपाठी संबल पर विश्वास करना, जिसने उसके जीवन को नरक बनाकर रख दिया। वह मासूम कहां जानती थी कि पति अपनी पत्नी से ऐसी अपेक्षाएं भी रख सकता है ? उसका जीवन मांझी उसकी जीवन नैया को बीच भंवर ले जाकर डुबाने का उपक्रम कर सकता है ?

मंजुला का आत्महत्या कर मुक्ति पाने का यह कदम उन लोगों को प्रोत्साहन देता है जिनका ज़मीर मर चुका है।

गांठ

आकाश सारा दिन सबीना के आंचल की छांव में रहता था और वह भी उस पर भरपूर प्यार उंडेलती थी। वह आकाश को पलभर के लिए भी रोने नहीं देती थी।

आकाश के मम्मी-पापा थके-मांदे रात को घर लौटते और आकाश उनकी टांगों से लिपट जाता....बहुत देर तक मान-मनुहार करता और जब तक वे उसे घुमाने नहीं ले जाते, वह शांत नहीं होता था।

सलोनी भी साथ जाने की ज़िद करती परन्तु उसके मम्मी-पापा उसे होमवर्क समाप्त करने की हिदायत दे अपने कमरे में चले जाते। सलोनी अकेली बैठी सोचने पर विवश हो जाती कि वे लोग उससे प्यार नहीं करते...सारा प्यार-दुलार आकाश पर ही लुटाते हैं....क्या वह उनकी बेटी नहीं ? यदि है तो बेटी को समान समझ उस पर प्यार क्यों नहीं लुटाया जाता ?

काश! समाज के लोग समझ पाते कि बच्चा समझ कर हम जिनकी भावनाओं की उपेक्षा करते हैं, वह सब समझते हैं और यह गांठ धीरे-धीरे कैंसर के लाइलाज रोग के रूप में पनप जाती है।

खामोशी

मौन एक सर्वश्रेष्ठ आभूषण है... खामोशी को महिलाओं की कमज़ोरी के रूप में नहीं लिया जाना चाहिए। उनकी भावनाओं व जज़्बातों की उपेक्षा करने के परिणाम घातक रूप में हमारे सामने आ सकते हैं।

शकुन विवाह के पश्चात् गुमसुम सी रहती थी तथा पलटकर कभी उत्तर नहीं देती थी। पति सौरभ उसके साथ मनमाना व्यवहार करता तथा उसे दहेज की पूरी राशि न चुका पाने के कारण प्रताड़ित करता। शकुन अपनी पारिवारिक परिस्थितियों से वाक़िफ थी, इसलिए वह सदैव गुमसुम-सी रहती थी।

चार माह बाद उसके अंतर्मन का लावा फूट पड़ा और अवसर पाकर

उसने पुलिस-स्टेशन में रिपोर्ट कर दी। सौरभ अपने घर के बाहर पुलिस वैन को देख अचम्भित रह गया क्योंकि वह सोच भी नहीं सकता था कि शकुन साहस जुटाकर उस दहलीज़ की लक्ष्मण-रेखा को पार कर सकती है। शकुन का अपने पीछे पड़ोसियों के यहां यह प्रमाणपत्र छोड़कर जाना, उन्हें आजीवन कारावास दिलाने के लिए काफी था।

सैलाब अपने साथ सबकुछ बहाकर ले जाता है और पीछे छोड़ जाता है बरबादी के मंज़र...जो लम्बे समय तक अपनी दास्तान का बखान बखूबी करते रहते हैं।

कुकुरमुत्ते

गौरव जो सबकी आंखों का तारा था, जिसने अपने परिवार को हर कदम पर सहयोग दिया था, अचानक उसकी सोच में परिवर्तन आना और जायदाद पाने के लिए लीगल नोटिस भेजना...ने सबको आश्चर्य-चकित कर दिया। मां यह जानकर सकते में आ गई और सोचने लगी कि भगवान ने उसे ऐसा बेटा दिया ही क्यों जिसने मान-मर्यादा को ताक पर रखकर सबको कटघरे में खड़ा दिया। उसने उस द्वारा खर्च की पाई-पाई का हिसाब मांग लिया कि सबको मिलकर उस राशि का भुगतान करना चाहिए, जो उसने घर के दो कमरे बनाने में व्यय की....वह बहिनों के विवाह पर दिए तोहफ़ों की राशि भी प्राप्त करना चाहता है जबकि वह बेटियों को विदा कर चुका है।

बेटा....सचमुच इंसान की सबसे बड़ी कमज़ोरी होता है, जो इंसान को अंधा कर देता है जैसे कि धृतराष्ट्र का पुत्रमोह 'महाभारत' की रचना का कारण बना। वैसे भी आधुनिक युग में तो सब रिश्ते तार-तार हो गए हैं और पारिवारिक सम्बन्धों को दीमक चाट गई है। काश! इंसान ने यह सोच लिया होता कि समय से पहले व भाग्य से अधिक किसी को कुछ भी प्राप्त नहीं होता, तो ऐसी सामाजिक विकृतियों को कुकुरमुत्तों की तरह पनपने का अवसर ही प्राप्त न होता।

विश्वास

'प्राण जाये पर वचन न जाई' याद होंगी आपको ये पंक्तियां....इसकी सार्थकता के प्रमाण सबके सम्मुख हैं। आज भी इसकी दुहाई दी जाती है, परन्तु आधुनिकता के दौर में बाज़ारवाद के प्रभाव से इंसान में आत्मकेन्द्रितता के भाव का पनपना स्वाभाविक है। परन्तु पत्नी के मन में पति के प्रति अगाध विश्वास आज भी क़ायम है और उसी का ख़ामियाज़ा कई बार उस मासूम को अपने प्राणों की बलि देकर चुकाना पड़ता है।

काम्या हनीमून के लिए कश्मीर घूमने गई। वे चार दिन तक वहां की हसीन वादियों में खोए रहे, परन्तु जिस दिन उन्हें लौटना था, काम्या को पहाड़ी से नीचे धकेल दिया गया। वह सदैव के लिए उन वादियों का हिस्सा बनकर रह गई।

सच ही तो है विश्वास....जिसमें विष का वास है....आजकल इसका प्रचलन है और इसका प्रमाण हैं प्रतिदिन घटित होने वाले हादसे, अमानवीय दुष्कर्म और रिश्तों की अहमियत को नकारना, जो अपना प्रभाव तेज़ी से परिलक्षित कर रहे हैं।

हाज़िर जवाबी

चांदनी माता-पिता की इकलौती संतान, घर आंगन में चहकती-फुदकती सबका मन मोह लेती है तथा हर आगंतुक उसकी प्रशंसा किए बिना नहीं रह पाता। यदि उसे सौम्या कहा जाए तो अतिशयोक्ति न होगी।

चांदनी का दिनभर व्यस्त रहना, कभी डांस सीखने जाना, तो कभी पार्क में दादा के साथ घूमने जाना, मीठी-मीठी बातों से सबका मन मोह लेना, वास्तव में प्रशंसनीय है। हाज़िरजवाबी का वरदान तो उसे खुदा से प्राप्त है।

–तुम हमसे फोन पर भी बात नहीं करती....इस बार हमारा मन नहीं था आने का ?

–दादी मुझे रोज़ स्कूल से लौटने के पश्चात् डांस क्लास में जाना होता

है। साथ ही आजकल होमवर्क भी बहुत मिलने लगा है। सो! मुझे समय ही नहीं मिल पाता।

-आप सप्ताह में छुट्टी वाले दिन बात कर सकती हैं। चांदनी के इस आश्वासन से दादी का मन प्रफुल्लित हो जाता है और वह उसकी हाज़िर-जवाबी से प्रसन्न हो जाती है। वह मन ही मन सोचती है कि लोग क्यों बेटियों को जन्म लेने के अधिकार से महरूम कर देते हैं जबकि बेटियां तो घर-आंगन को रोशन करती हैं।

वंशज

संस्कृति संस्कारों की जनक है। संस्कार मिलते हैं माता-पिता व गुरुजन से....जिसका आज बहुत अभाव है। जब माता-पिता व परिवारजन ही संस्कारहीन होंगे, मान-मर्यादा व मूल्यों को ताक पर रखकर अपना जीवन जियेंगे तो इसमें दोष आप किसे देंगे..... यह चिन्तन का विषय है।

शर्मा दम्पत्ति हैरान थे कि उनके वंशज भारत ने आज उन्हें कचहरी में खड़ा कर दिया। अपने बेटे-बहू को दुर्घटना में खो देने के पश्चात् उन्होंने भारत का पालन-पोषण किया....पढ़ाया-लिखाया और अब वह ही उनकी जान का दुश्मन हो गया।

-मैंने मकान बेच दिया है...आपने कहां रहना है, निश्चय कर लीजिए।

-यह घर है, मकान नहीं। तुमने किस से पूछ कर इसका सौदा किया....जवाब दो।

-तुम मुझसे ज़िरह करते हो....अभी बताता हूं। भारत ने दादा के सीने पर पिस्तौल तान दी। यह देखकर दोनों सकते में आ गए।

-तुम ऐसी घिनौनी हरक़त भी कर सकते हो, मैंने तो कभी ऐसी कल्पना भी नहीं की थी। निकल जाओ...इस घर से। मैं तुम्हें अपनी सम्पत्ति से बेदखल करता हूं।

-यह सुनते ही भारत ने दोनों के सीने पर गोलियां दाग दीं और वहां से चम्पत हो गया।

पड़ोस के लोग वहां इकट्ठे हो गए और उन्होंने पुलिस के आने पर बेधड़क अपने बयान दर्ज कराए और भारत को...जो औलाद के नाम पर कलंक

है....को सज़ाए मौत देने की ग़ुहार लगाई। शाम को घर लौटने पर सबके चेहरे बुझे हुए थे।

दायित्व-विमुखता

आजकल दुनिया में हर वस्तु बिकती है। इंसान व ईमान की चर्चा करना तो बेमानी प्रतीत होता है क्योंकि स्वार्थपरता व अविश्वास का बोलबाला है। शायद इसका मुख्य कारण है एक औरत का दूसरी औरत का दुश्मन होना और अपने ज़ुल्मों का प्रतिकार उस मासूम से लेना, जो निर्दोष है।

-तुमने अपने दोस्त मौंटू पर प्रहार क्यों किया ?

-मौंटू ने मुझे नाजायज़ औलाद कहा। पहले तो मैंने उसे चेतावनी दी यदि उसने भविष्य में इन शब्दों का प्रयोग किया तो इसके परिणाम घातक होंगे।

-मौंटू ने इस पर तनिक भी ध्यान नहीं दिया और अगले दिन वह उससे व्यर्थ ही उलझ पड़ा। स्कूल से बाहर आते ही उसने मौंटू पर पिस्तौल से गोलियां दाग दीं और वह वहीं ज़मीन पर ढेर हो गया।

उसके माता-पिता को इस हादसे की सूचना दी गई और यह प्रश्न मीडिया में कई दिन तक उछला कि माता-पिता बच्चों को बस्ते में हथियार लाने की इज़ाज़त क्यों प्रदान करते हैं ? वे इतने कर्त्तव्य व दायित्व-विमुख कैसे हो सकते हैं ?

अविस्मरणीय

अमन और शालू दिनभर अपने दादा-दादी के आसपास मंडराते रहते थे और वह भी उनकी बातें सुनकर फूले नहीं समाते थे।

-दादी! एक बात बताओ.....आरज़ू के दादा-दादी उनके साथ क्यों

नहीं रहते। देखो न, वे देर शाम घर लौटते हैं और वह दिनभर आस-पड़ोस में घूमती रहती है। मैं भी तंग आ जाती हूं.....मेरे सारे खिलौने तोड़ जाती है। बात-बात पर रूठ जाती है।

-बेटा! उसके मम्मी-पापा नौकरी करते हैं, इसलिए उसका पूरा ख्याल नहीं रख पाते। तुम यह सोच लो कि वह तुम्हारी बहिन है....उसके साथ मिलजुल कर रहा करो।

-परन्तु आपने मेरी बात का उत्तर तो दिया ही नहीं.....उन्हें उनके साथ रहना चाहिए।

-रविवार को शालू ने आरज़ू की मम्मी से बात की तो उनके पास उसके प्रश्नों का कोई उत्तर नहीं था। वे सोचने पर विवश हो गए और उसके दादा-दादी को गांव से लिवा लाए।

आरज़ू उन्हें देखकर बहुत प्रसन्न हुई और शालू से कहने लगी....अब वह उसके यहां नहीं आया करेगी...अपने घर में रहेगी। शालू उसे खुश देखकर फूली नहीं समा रही थी।

बच्चों की सोच व बातें कई बार अविस्मरणीय बन जाती हैं और उनका प्रभाव लम्बे समय तक रहता है।

कहीं और

तपती दोपहरी में सड़क पर तारकोल बिछाते, पसीने से तर-ब-तर लोगों को देख मन परेशान हो उठता है...क्या है इनका कसूर....किन कर्मों की सज़ा वे भुगत रहे हैं ? ऐसे प्रश्न ज़ेहन में उठते हैं और इंसान विवश हो जाता है भाग्य और नियति पर चिन्तन करने के लिए .....

-मां! ये बच्चे सड़क के किनारे खेल रहे हैं क्या इन्हें गर्मी नहीं लगती ? क्या इनके मम्मी-पापा इन्हें डांटते नहीं ? मां...यह देखो कैसे एक दूसरे पर झपट रहे हैं।

-बेटा! इनके मम्मी-पापा मज़दूरी करते हैं। वे सड़क बनाने का काम कर रहे हैं और इन्हें घर पर अकेले छोड़ना सम्भव नहीं है। सो! ये सड़क पर खेल

रहे हैं।

–क्या ये बीमार नहीं पड़ जायेंगे ? देखो! इस समय कितनी तेज़ धूप है और ये नंगे पांव इधर-से-उधर घूम रहे हैं। मम्मी! हमारा इतना बड़ा आंगन है....आप इन्हें अपने लॉन में खेलने को क्यों नहीं कह देती ? ये बच्चे भी धूप से बच जायेंगे और मुझे भी कम्पनी मिल जायेगी।

–तुमने ऐसा सोच भी कैसे लिया कि मैं तुम्हें इन मवाली बच्चों के साथ खेलने दूंगी। भविष्य में कभी ऐसी बात मत सोचना। इतना कहकर मां ने उस खिड़की पर ताला लगवा दिया और गार्ड को उन बच्चों को कहीं दूर जाकर खेलने को कहा।

मां या दुश्मन

जहां दहेज का प्रचलन दिन-प्रतिदिन बढ़ता जा रहा है, वहीं लड़कियों की इच्छाएं व आकांक्षाएं भी बढ़ती जा रही हैं। वे चाहती हैं, एक सुन्दर बंगला, नौकर-चाकर व बड़ी-बड़ी गाड़ियां...क्लब में पार्टियों की शोभा बनना, जो कई बार उन्हें गलत राह अपनाने पर विवश कर देता है।

–सुनीता हम तुम्हारा विवाह पावन से निश्चित करना चाहते हैं। उसका अपना घर है, अच्छा कमाता है, तुम बहुत खुश रहोगी उसके साथ...

–मां! घर और मेहनत की कमाई....इसे तुम सुयोग्य वर की योग्यता मानती हो, जानकर विश्वास नहीं होता। तुम मेरी मां हो या दुश्मन। मैं पावन से सम्बन्ध बनाने की कल्पना भी नहीं कर सकती। उसने मां के पूछने पर अपने मन की बात कह डाली।

–सुनीता...तुम्हें ज़माने की हवा कैसे लग गई। मैं तो तुम्हें संस्कारशील मानती थी।

–परन्तु जिन संस्कारों के बारे में तुम सोचती हो.....क्या दिया है तुम्हें उस संस्कृति ने....दो जून की रोटी....एक झोपड़ीनुमा घर, जिसमें तुम बच्चों की इच्छाओं को सदैव रौंदती रही या उन्हें नेताओं जैसे लुभावने आकर्षक आश्वासन देती रही। मां! मैं ऐसी ज़िन्दगी को जीना नहीं, ढोना समझती हूं। सो! जब कोई अमीर लड़का मेरी नज़र में आयेगा, मैं स्वयं तुम्हें बतला दूंगी।

–अगली सुबह को सुनीता उस घर को छोड़कर ऐसे जीवनसाथी की तलाश में चली गई जो उसके सपनों का राजकुमार था। उसे घर में न पाकर मातम-सा छा गया।

नंगधड़ंग

रेड लाइट्स पर बच्चों के खिलौने बेचते व ग़ुहार लगाते नंगधड़ंग बच्चों को देख मन में यह प्रश्न उठता है कि आखिर ये कौन से जन्म के कर्मों का फल भुगत रहे हैं? कैसे रख लेते हैं विधाता.....सृष्टि के समस्त लोगों का बहीखाता?

– साहब....यह फूल लेकर जाइए....मेम साहब खुश हो जायेंगी। दूसरी ओर से आवाज़ कानों में सुनाई पड़ती है...साहब बच्चों के लिए हवाई जहाज़ लेकर जाइए फिर देखियेगा उनके चेहरे की रंगत, उनके जीवन की उमंग....वे मासूम बच्चे ग्रीन लाइट हो जाने तक गाड़ी वालों के पीछे दौड़ते हैं, अपने धैर्य का त्याग नहीं करते।

ऐसे ही चंद युवतियां साज-सिंगार कर, गाड़ी में बैठे साहब लोगों को अपना सामान बेचने के लिए रिझाती हैं ताकि वे अपने मालिक का दिया हुआ काम निपटा कर जा सकें। वे उन गरीब औरतों को संदेश देती हैं कि यदि वे धन कमाना चाहती हैं तो उन्हें स्वयं को बदलना होगा...मैले-कुचैले वस्त्रों का त्याग कर स्वयं को आकर्षक रूप प्रदान करना होगा।

परन्तु आजकल भी चंद लोग उदार व दृढ़-निश्चयी होते हैं जो अपनी ज़िन्दगी में घटित हादसों को भुला नहीं पाते और दूसरों की अभाव भरी ज़िन्दगी में खुशियां भरने में प्रयासरत रहते हैं...भले ही लोग उन्हें गलत समझें। इन्हीं लोगों की सज्जनता पर यह धरती टिकी है।

किराये की मां

शताब्दियों पूर्व समाज में नियोग प्रणाली प्रचलित थी, जिसके अंतर्गत

किसी महिला को वंशज प्रजनन का काम सौंपा जाता था और उसके पश्चात् उसे वह महल त्याग कर जाना पड़ता था। आजकल भी ऐसी महिलाएं आसानी से मिल जाती हैं जो अपनी कोख का व्यापार करती हैं....दूसरों के जीवन को खुशियों से भरती हैं और स्वयं भी संतुष्ट रहती हैं। उनके मन में परार्थ व निष्काम कर्म की भावना रहती है, भले ही इसके बदले में उन्हें धनराशि प्राप्त होती है।

- तुम्हारे मन में किराये की मां बन कर यह विचार नहीं आता कि तुम उस बच्चे का पालन-पोषण करो...वह सदैव तुम्हारी आंखों के सामने रहे।

-कई बार वात्सल्य भाव हम पर हावी हो जाता है, परन्तु अगले पल उनसे किया हुआ वादा याद आता है और जीवन का कटु यथार्थ हमारे सामने आ जाता है। उन परिस्थितियों में हमारी मजबूरियां हमें आईना दिखलाती हैं।

सच ही तो है हर इन्सान की हक़ीक़त मुखौटा उतर जाने के पश्चात् ही उजागर हो पाती है और यह काम बुरा भी नहीं है, यदि इसके पीछे लोभ व स्वार्थ की भावना न हो।

इच्छा मृत्यु

अस्पताल में कैंसर पीड़ित इंसान को इच्छा-मृत्यु की गुहार लगाते देख मन में अनेक प्रश्न दस्तक देते हैं कि क्या हमारी कानून की देवी की आंखों पर बंधी पट्टी विवेकहीनता को नहीं दर्शाती ? क्या परिवार का हर सदस्य इन विषम परिस्थितियों में विधाता से उसे मुक्ति प्रदान करने की प्रार्थना नहीं करता ?

रागिनी ने अपने पति के इलाज में अपना सर्वस्व लगा दिया....यहां तक कि आशियां बिक जाने के पश्चात् वे सब सड़क पर आ गए। बच्चों की पढ़ाई भी छूट गई और वे दाने-दाने के लिए मोहताज हो गए। वे स्वयं भी डाक्टरों से अनुनय-विनय करते रहे कि अब यह दर्द असहनीय हो गया है....सो! उन्हें इससे निज़ात दिला दी जाए।

परन्तु हमारा कानून न तो मानवीय संवेदनाओं की परवाह करता है, न ही परिवार की आर्थिक परिस्थितियों की....जो चरमरा जाती हैं और बच्चों के भविष्य को अंधकारमय बना देती हैं। रागिनी अपने पति की जीवन-रक्षा नहीं कर पाई और हर पल खून के आंसू बहाती रही। काश! इच्छा मृत्यु का कानून

होता तो उनके परिवार को इन विकट व विषम परिस्थितियों से न गुज़रना पड़ता। वह अपने बच्चों को सुरक्षित भविष्य प्रदान कर पाती।

चिन्तन

मीनू ने अपनी पढ़ाई छोड़कर अपनी मां को सहयोग देने का निश्चय किया क्योंकि उसके पिता की टांग दुर्घटनाग्रस्त होने के पश्चात् काटनी पड़ी थी। कारखाने के मालिक ने उन्हें यह कहकर चलता कर दिया था कि वे उनकी वेतन सूची पर नहीं थे। सो! उन्हें न तो किसी प्रकार का सहयोग मिल पाया था। न ही कोई बीमा राशि।

-पापा! आप चिन्ता मत करें तथा मुझे अपना बेटा समझें। मैं मां के साथ काम पर जाऊंगी। हम बखूबी अपने उत्तरदायित्व को निभायेंगी। यह सुनकर पापा के नेत्रों से अश्रु प्रवाहित होने लगे और अपाहिज होने की हीन भावना ने उन्हें शिकंजे में जकड़ लिया।

-बहिन-भाइयों को भूख से रोते-बिलखते देख और पिता को दर्द से कराहते देख उसकी मां ने अपनी बेटी का सौदा कर दिया ताकि उसके अरमानों की बलि देने के पश्चात् वह अपने परिवार को सुरक्षा प्रदान कर सके।

लोगों ने उसके निर्णय की आलोचना की परन्तु उसके मन में इसका तनिक भी मलाल नहीं था। क्योंकि वह जानती थी कि एक युवा लड़की के मान-सम्मान की रक्षा करना कितना दुष्कर कार्य है। उस पर लगी वहशी लोगों की लोलुप निगाहें....उसे तोड़कर रख देंगी। सो! एक विधुर के साथ विवाह करने के एवज़ में मिले पैसे से वह अपने परिवार का पालन-पोषण करने में समर्थ हो सकेगी। मीनू के विवाह का यह निर्णय उचित था या नहीं-चिन्तन कीजिए।

अंतर्मन की खुशी

सड़क के किनारे पड़ी युवक की लाश को देखने व स्थिति का जायज़ा

लेने के लिए वहां भीड़ इकट्ठी हो गई। सब अपनी-अपनी बात कहते रहे और घायल युवक की ओर किसी का ध्यान नहीं गया। जिसे वे सब लाश समझ रहे थे, शायद उसमें अभी चंद सांसें बची हों, जिसका तुरन्त इलाज कराने पर उसे जीवन दान प्राप्त हो सकता था।

एक अस्सी वर्षीय वृद्ध भीड़ को हटाते हुए उस युवक के निकट गया, उसे हिलाया-डुलाया तथा अपनी गाड़ी में लिटाकर अस्पताल ले गया। आई.सी.यू. में इलाज कराया जिससे उसे प्राणदान प्राप्त हुआ तथा उस युवक के चेहरे पर आये प्रसन्नता के भाव उसके अंतर्मन की खुशी को व्यक्त कर रहे थे।

काश! हर इंसान में मानवीय संवेदनाएं होतीं और संदेह, भय और भविष्य के प्रति आशंका का भाव न होता तो कितने युवक अपने माता-पिता के स्वप्नों को साकार कर पाते और उन्हें आजीवन आंसू न बहाने पड़ते।

गलत राहें

शराब के नशे में धुत्त दोनों मित्र एक दूसरे से लड़ रहे थे, गाली-गलौच कर रहे थे तथा जान लेने पर उतारू थे। वहां भीड़ इकट्ठी हो गई थी क्योंकि आजकल सब तमाशा देखते हैं, किसी की सहायता व रक्षा करने का मादा अपवाद रूप में परिलक्षित होता है।

अरमान ने पंकज पर गोली चला दी और ज़ोर-ज़ोर से चिल्लाना प्रारम्भ कर दिया कि न जाने किसने मेरे दोस्त की हत्या कर दी। मैं उसे सज़ा दिलवा कर ही रहूंगा। पुलिस ने पंकज का पोस्टमार्टम कराया तथा अरमान का बयान दर्ज़ किया। वह बार-बार यही कह रहा था कि 'वह मेरे लिए भाई से बढ़कर था.....भला कोई अपने भाई की जान ले सकता है ? तुम मुझे छोड़ दो और हत्यारे की तलाश करो।' वास्तव में शराब के नशे में व्यक्ति क्या कर गुज़रता है, इसका आभास उसे बाद में होता है। अब अरमान खून के आंसू रो रहा था कि उसके सिर से दोस्त का नहीं, भाई का वरद्हस्त उठ गया था।

काश! हम युवा-पीढ़ी के गलत राहों पर अग्रसर कदमों पर अंकुश लगा पाते तो कई परिवार उजड़ने से बच जाते।

दलदल

'मंशु का सम्बन्ध आतंकवादियों के गिरोह के साथ है'......इस वाक्य ने सबको चौंका दिया।

-मंशु .....वह सीधी-सादी लड़की, जिसने गत वर्ष बी.ए. की परीक्षा पास की थी, वह तो किसी फर्म में नौकरी करती रही है। बहुत शालीन और सुलझी हुई लड़की है वह, सो! उस पर इल्ज़ाम लगाना सर्वथा ग़लत व असंभव है।

-काश! ऐसा ही होता। परन्तु तुम इस तथ्य से अवगत नहीं हो कि कॉलेज के दिनों में ही उसके सम्बन्ध ग़लत लोगों से हो गए थे। उसने पैसे के लिए अपनी अस्मत को दांव पर लगा दिया था। तभी तो वह हर दिन नये-नये परिधानों में सुसज्जित, महकती-चहकती दिखाई देती थी।

-मंशु उस दलदल में ऐसी फंसी कि उसके लिए बाहर निकलने का कोई रास्ता ही नहीं बचा। वह अब आतंकवादियों के हाथों का खिलौना है, जिसे वे किसी भी पल रौंद सकते हैं। लड़कियों का अपनी चादर से बाहर पांव पसारने का यही अंजाम होता है।

हक़ीक़त

अस्पताल में जीवित बच्चे को मृत दर्शा कर माता-पिता की भावनाओं से खिलवाड़ करना... इसका प्रचलन दिन-प्रतिदिन बढ़ता जा रहा है। चंद मिनटों में जीवित बच्चा देकर लाखों की रक़म बटोर लेने से आसान कौन-सा काम हो सकता है ? परन्तु जब यह सब अपने साथ गुज़रता है तो दिन में तारे दिखाई देने लगते हैं और सांसें थम जाती हैं। उसकी मन:स्थिति का अनुमान लगाना भी कल्पनातीत है।

-डाक्टर! मेरा बच्चा मुझे लौटा दो। मैंने एक जीवित बच्चे को जन्म दिया है.....उसके रोने की आवाज़ मैंने सुनी है, परन्तु ये दोनों पता नहीं, क्या ऊलज़लूल बके जा रहे हैं।

–नहीं डाक्टर....ऐसा नहीं है। यहां ऐसा कोई काम नहीं होता। हक़ीक़त जानने के पश्चात् डॉ. का चेहरा सफेद पड़ गया था। उसे देख ऐसा प्रतीत हो रहा था जैसे वह धन–प्राप्ति के अभाव में पछता रही हो। परन्तु वह शुक्रगुज़ार थी उस स्टाफ नर्स की, जिसने उसे अस्पताल में चलने वाले रैकेट से अवगत कराया था। सच ही तो है.... 'इंसान का ईमान पलभर में डोल जाता है।'

सरहद

सरहद पर तैनात जवान भीषण सर्दी व आतप के प्रकोप को सहन करते हैं ताकि हम सुख–चैन की सांस ले सकें। कितने बेनाम सैनिक अपने प्राणों की बलि देते हैं....सीमाओं की रक्षा करते हुए, जिनका ज़िक्र भी किसी की ज़ुबान पर नहीं आता।

–लालसिंह के निधन की सूचना मिलते ही उसके परिवारजन सकते में आ गए। उसकी नवविवाहिता पत्नी का रो–रोकर बुरा हाल था क्योंकि उसने अभी अपने पति को जी भरकर देखा भी नहीं था। वह दीवारों से सिर टकराकर रो रही थी और माता–पिता तो अपने दिल पर पत्थर रख आंसुओं को पीकर, शांत रहने का नाटक कर रहे थे।

–लालसिंह का ताबूत उसके गांव पहुंचा और चारों ओर क्रन्दन के स्वर मुखर हो उठे। उसके माता–पिता उसकी बहादुरी के कारनामों के बारे में जानकर फूले नहीं समा रहे थे और उनका सीना गर्व से तन गया था।

– मेरा बेटा शहीद हुआ है, उसने दुश्मनों का डटकर मुकाबला किया है। भगवान ऐसी औलाद सबको दे जो सबका नाम रोशन करे। इतिहास में उनका नाम स्वर्णाक्षरों में अंकित हो। अपनी पुत्रवधु को पकड़कर वे लालसिंह के पास ले गए ताकि वह उसके अंतिम दर्शन कर, तिलक लगा उसे विदा कर सके। परन्तु उसकी पत्नी का भावुक होकर पति की चिता में कूद जाना, यह सोचने पर विवश कर देता है कि चंद दिन का साथ कई बार उम्र भर एक छत के नीचे जीवन–यापन करने से अधिक सुकून प्रदान करता है। परन्तु क्या उसका यह कदम निंदनीय नहीं था।

कुठाराघात

'तुम....तुम विवाह करोगी मुझसे....' पहली मुलाकात में ही रानी की चाल-ढाल को देख अमन ने उससे प्रश्न किया।

'विवाह....जानते हो तुम उसकी परिभाषा.....उम्र भर का अटूट बंधन। मैं इक्कीसवीं सदी की युवती इन्हें नहीं स्वीकारती। मैं स्वतंत्र रहना चाहती हूं....अपनी ज़िन्दगी में किसी का दखल नहीं चाहती। यदि मुझे इस प्रकार जीना होता तो मैं अपने माता-पिता की भावनाओं को आहत कर घर का त्याग क्यों करती ?'

अमन उसके विचार जानकर हैरान रह गया।

'मैं तो तुम्हें सरल व सुशील मानता था, परन्तु तुम्हारे तेवर तो कुछ अलग ही हैं।'

'तुम ने पहली मुलाकात में मेरे सामने विवाह का प्रस्ताव रख दिया था, वह उचित ही था....एक संस्कारी युवक की पहचान था, परन्तु मेरे उत्तर ने तुम्हारी भावनाओं पर कुठाराघात किया। तुम्हें शायद आज भी गुप्त की नारी की परिभाषा याद होगी जो बापू के तीन बंदरों का प्रतीक है....जो न कुछ सुनती है, न देखती है न बोलती है।'

'नहीं.....नहीं! मेरा यह अर्थ नहीं था। तुम्हारी पहली नज़र ने मुझे घायल कर दिया था। मैं एक स्वतंत्रचेता इंसान हूं। परन्तु मैं ऐसी लड़की को अपनी जीवन-संगिनी बनाने के बारे में सोच भी नहीं सकता।'

'मैं भी ऐसे दकियानूसी युवक की ओर दोस्ती का हाथ नहीं बढ़ा सकती।'

'यह कह कर दोनों ने एकदूसरे को अलविदा कहा और अपनी-अपनी दिशा की ओर अग्रसर हो गए।' परन्तु वे अपने पीछे एक प्रश्न छोड़ गए कि इसके लिए दोषी कौन ?

समर्पित नहीं

लोगों को दिन रात काम करते देख कामायनी के इड़ा सर्ग की याद

आ जाती है कि हमारे देश में आज भी ऐसे लोग हैं जो सरकारी काम को भी तल्लीनता से करते हैं। उनके लिए दिन-रात, समय के मायने ही नहीं रहते...वे कभी छुट्टी के बारे में सोचते भी नहीं। वे तो केवल कर्म....निष्काम कर्म मे विश्वास रखते हैं।

चंद लोग मिलकर अपनी संस्था को सर्वश्रेष्ठता का दर्ज़ा दिलवा सकते हैं, अपने राज्य को नम्बर वन बना सकते हैं। ऐसे लोगों को नमन करने का मन करता है। आज का युवा वर्ग जो पूरे विश्व को ग्लोबल बनाना चाहता है, एक पल भी नष्ट करना नहीं चाहता....हर क्षण का उपयोग कर उसे सार्थकता प्रदान करना चाहता है। इंटरनेट के माध्यम से हर समस्या का पलभर में समाधान बताना सचमुच इंसान को जहां अचंम्भित कर देता है, वहीं उन पर अमल न कर, उन्हीं हालातों का पुनरावर्तन मन को परेशान कर देता है....आखिर यह सब क्यों ? हर इंसान अपने देश व समाज के प्रति समर्पित क्यों नहीं ?

गुज़ारिश

तुम जानती हो, तुम्हारी इच्छाएं पूरी करते-करते मैं कितने कर्ज़ में डूब गया हूं और अब तुम घर में पूरे समय के लिए नौकरानी की मांग कर रही हो। तुम मेरी सहभागिनी हो या दुश्मन....जिसे अपने पति की परेशानियों का तनिक भी ख्याल नहीं। तुमने तो अग्नि के सामने सात फेरे लेकर सात जन्म तक साथ निभाने की कसमें खाई थी और चार माह बाद ही तुम्हारे तेवर बदल गए हैं।

-तुमने भी मेरी हर तमन्ना पूरा करने का वादा किया था। सो! मैंने तुमसे कौन-सी तुमसे ताजमहल बनाने की गुज़ारिश की है।

-तुम्हारे कारण मैं टूट गया हूं....मुझे रात को नींद भी नहीं आती। एक तुम हो.... दिन भर जाने कहां-कहां घूमती रहती हो।

-अब तुम मुझ पर शक़ करने लगे हो। ठीक है, मैं चली जाऊंगी....यह घर छोड़कर। एक तुम्हारी मां है जो हर समय हिटलर की भांति व्यवहार करती है, ताने सुनाती है और उसकी बातों में आकर तुम्हारी सोच में भी परिवर्तन आ गया है।

-तुम मुझे गलत समझ रही हो। मैं तो बस....तुमसे यही अपेक्षा रखता हूं

कि तुम इस घर को मंदिर समझ कर रहो...इसका रख-रखाव करो ताकि घर में शान्ति व सुकून की मीठी बयार बहती रहे।

-तुम सारा दोष मेरे माथे मढ़ रहे हो.....यह मैं सहन नहीं कर सकती। वैसे भी आजकल तो लिव इन रिलेशन का ज़माना है.....तू नहीं और सही। मुझे अब भी तुमसे अच्छे लड़के मिल जाएंगे....कमी नहीं है मेरे चाहने वालों की।

- पत्नी की बातें सुनकर उसका मन बहुत आहत हुआ। शाम को उसकी मां ने उसे बतलाया कि उसकी पत्नी घर छोड़कर चली गई है।

-तुमने उसे रोकने की कोशिश नहीं की। कुछ तो सोचा होता.....मैं कैसे जी पाऊंगा उसके बिना।

-वह तुम्हारी जीवन-संगिनी बनने योग्य थी ही नहीं, मैंने तो पहले ही मना किया था कि तुम उसके साथ विवाह न करो, परन्तु तुम पर तो जुनून सवार था। अब भुगतो उसका परिणाम। वह चिन्तामग्न हो गया और सोचने लगा कि क्या सारा कसूर उसका ही था ?

मानसिक उद्वेलन

पिता के देहान्त के पश्चात् एक बेटी का पूरे परिवार के दायित्व निर्वाह करने का बोझ अपने कंधों पर लेना, अपने छोटे बहिन-भाइयों को आत्म-निर्भर बना, उन्हें सात फेरों के बंधन में बांधने का प्रयास करना, श्लाघनीय है। परन्तु उसकी ज़िन्दगी के भविष्य के उन एकान्त पलों के बारे में किसी का न सोचना, एक दिन उसे यह सोचने पर विवश कर देता है कि क्या वह एक पैसा कमाने की मशीन है......क्या वह भावशून्य है....क्या उसकी कोई इच्छाएं, आकांक्षाए व तमन्नाएं नहीं.....क्या उसे किसी हमसफ़र की आवश्यकता नहीं.....ये प्रश्न मन को उद्वेलित करते हैं।

परन्तु क्या एक मां का बेटी का रिश्ता न होने देना, उस पर दोषारोपण करना उसकी घिनौनी मानसिकता को नहीं दर्शाता ? आखिर कब तक वह मासूम सब सहन करती रहेगी ? क्या वह कभी ज़िन्दगी की ऊबड़-खाबड़ राहों पर किसी के कंधे पर सर रखकर सुकून से जी पायेगी। काश! उसे भी किसी ने इंसान समझा होता।

दांव

एक बेटे का घर दोबारा बसाने के लिए एक मां सबकुछ भुला देती है। उसका एकमात्र स्वप्न होता है उसके जीवन में खुशियों का अम्बार लगा देना, उसका विवाह एक नई-नवेली दुल्हन के साथ कर, उसके बच्चों की परवरिश के लिए मां का दायित्व सौंप सुक़ून पाती है। परन्तु इन परिस्थितियों में अपने लक्ष्य को अंजाम देते हुए वह भूल जाती है कि उसके बेटे की सोच कितनी नकारात्मक है...वह तो भावशून्य है तथा दूसरों पर दोषारोपण करने में उसे महारथ हासिल है।

वह पत्नी के स्वप्नों को पलभर में रौंद कर चल देता है....एक मदमस्त हाथी की तरह, एक अहंवादी स्वार्थी इंसान की तरह, जिसे अपने सिवाय कुछ भी दिखाई नहीं पड़ता।

अनगिनत प्रश्न बिच्छू की भांति उसके मनोमस्तिष्क को आहत करते हैं कि एक औरत जो बहिन है, मां है, पत्नी है, वह क्यों भुला देती है अपने दायित्व को और अपनी पुत्रवधु के लिए दुश्मन बन जाती है, जिसके कारण उसके जीवन से बहारें सदैव के लिए मुंह मोड़ लेती हैं और वह राख में चिंगारियां तलाशती हुई संसार को अलविदा कर रुख्सत हो जाती है। काश! उस मां ने यह निर्णय लेते हुए अपनी बेटी को, उसकी खुशियों को उसी तराज़ू में रखकर तोला होता तो वह उसका जीवन दांव पर कभी न लगाती।

विचारधारा

माता-पिता की दकियानूसी विचारधारा अक्सर परिवार में सहयोग व सौहार्दपूर्ण वातावरण नहीं बना रहने देती, घर में विषैला वातावरण पैदा कर देती है, जिसका ख़ामियाज़ा सबको भुगतना पड़ता है। वे लाख समझाने पर भी उससे इतर कुछ सोच ही नहीं पाते।

– मैं इस नरक में नहीं रह सकती। अब निर्णय लेने का समय आ गया है। तुम्हें मेरा साथ देना ही होगा क्योंकि मैं तुम्हारी अर्द्धांगिनी हूं। यदि तुमने ऐसा

नहीं किया तो में सबको हवालात का रास्ता दिखला दूंगी।

पत्नी के विकाराल रूप को देख उसके पास कोई विकल्प नहीं बचा था। उसने पत्नी को राज़ी करने का भरसक प्रयास किया, परन्तु सफलता न मिलने पर उसे माता-पिता को त्यागना पड़ा और वह आजीवन स्वयं को इस पाप से मुक्त नहीं कर पाया। वास्तव में इसके लिए दोषी उसके माता-पिता थे जो स्वयं को परंपराओं से मुक्त नहीं कर पाए और वही एक दिन उनके गले की फांस बन गईं।

धरा पर स्वर्ग

मम्मी-पापा के घर में कदम रखते ही बेटे का टांगों से लिपट जाना तथा संकेतों से बाहर घुमाने का अनुरोध करने का दृश्य देख मन बहुत प्रसन्न हो जाता है। पापा का उस डेढ़ वर्ष के बच्चे को अपनी गोद में उठाकर गाड़ी में घुमाने ले जाना और लौटने पर दोनों को प्रसन्नता से फूले समाते देख मन बाग-बाग हो जाता है।

वास्तव में माता-पिता की सारी थकान रफूचक्कर हो जाती है। जब वे बच्चों की गतिविधियों को निहारते हैं, तो धरा पर स्वर्ग उतर आता है और वे उनकी क्रीड़ाओं को देख आनन्दित होते हैं।

इस अलौकिक आनन्द से कौन वंचित रहना चाहेगा ? शायद इसीलिए घर को सबसे अधिक सुन्दर कहा गया है, जहां इंसान को धूप, आंधी व वर्षा से ही सुक़ून नहीं मिलता, बल्कि आत्मरक्षा की भी प्राप्ति होती है तथा एक छत के नीचे परिवारजनों के साथ ज़िन्दगी न जाने कब पंख लगाकर उड़ जाती है, आभास भी नहीं होता।

मुक़ाम

एक बेटे को अपने माता-पिता को घर से बेघर कर उसे दर-दर पर भीख मांगने के मुक़ाम पर पहुंचा देना यह सोचने पर विवश कर देता है कि

आज की युवा पीढ़ी, जिसका संस्कारों से, अपनी जड़ों से तनिक भी जुड़ाव नहीं है, किस दिशा की ओर अग्रसर है ? पाश्चात्य सभ्यता के प्रभाव के कारण इन्सान रिश्तों की अहमियत भुला बैठा है। बाज़ारवाद अजगर की भांति अपने डैने फैलाए इन्सान को लील जाना चाहता है। भय और आतंक के बढ़ते प्रभाव के कारण इंसान आत्मकेन्द्रित हो गया है, और वह अधिकाधिक धन कमाने के लिए अपने सगे-संबंधियों के प्राण लेने में भी गुरेज़ नहीं करता।

पिता की सारी जायदाद का मालिक बन वह ऐशो-आराम से रहता है, निश्चिन्त जीवन जीता है। उस स्वार्थी इंसान को माता-पिता के प्यार-दुलार का, मान-मनुहार का, त्याग का, पल भर के लिए ख्याल नहीं आता। शायद इसीलिए आजकल लोग खुदा से बेटी पाने के लिए ग़ुहार लगाते हैं क्योंकि अभी उनका खून उतना सफेद नहीं हुआ।

राहग़ीर

सड़क के किनारे घायल युवक को आते-जाते लोग निहारते और व्यवस्था पर छींटाकाशी करते हुए आगे बढ़ जाते। एक राहग़ीर ने पुलिस-स्टेशन को फोन द्वारा सूचित किया, परन्तु जैसे कि अक्सर होता है, वे आधे घंटे के पश्चात् आए।

-किसने फोन किया था हमें....जब यह इंसान मर चुका था तो पोस्टमार्टम के लिए इसे अस्पताल पहुंचाने की जल्दी क्या थी ? इतना सुनते ही वह राहग़ीर अपने होशो-हवाश खोकर चिल्लाने लगा।

-मैंने जब आपको सूचित किया था वह एक जीवित इंसान था। इसे लाश बनाया है आप ने, आपकी लापरवाही के कारण एक परिवार उजड़ गया है।

कितने अरमानों से इसके माता-पिता ने उसकी परवरिश की होगी, कितने स्वप्न संजोये होंगे, इसके उज्ज्वल भविष्य के लिए ....वे तो राह देख रहे होंगे अपने बेटे की, जिसे उनके बुढ़ापे की लाठी बनना था।

-तुम बहुत अधिक ज़बान चला चुके हो -दफ़ा हो जाओ यहां से

अन्यथा तुम्हें भी उसके पास पहुंचा दूंगा। उस युवक ने बड़बड़ाते हुए वहां से विदा ली।

प्रायश्चित

वह देर रात शराब के नशे में धुत्त घर लौटता और पत्नी पर हुक्म चलाता, उसे खूब प्रताड़ित करता तथा अनेक इल्ज़ाम लगाता।

तुम दिन भर पलंग तोड़ती हो और अपने पति-परमेश्वर के घर लौटने से पहले औंधी पड़ जाती हो। मैं तो आज तक तुम्हें समझ ही नहीं पाया कि तुम किस मिट्टी की बनी हो ?

उसकी पत्नी ने मौन धारण किए रखा क्योंकि इस दुनिया का कोई भी बाशिंदा यह सहन नहीं कर सकता कि औरत उसके सामने मुंह खोले। परन्तु आज तो उसे इसका हर्ज़ाना भुगतान पड़ा।

पति ने आव देखा न ताव, उस पर बरसने लगा और उसके न बोलने पर उसे तब तक पीटता रहा, जब तक वह मूर्छित नहीं हो गई।

सुबह जब उसे होश आया, उसने पत्नी को कमरे में पड़े हुए देखा तो उसके पांव तले से ज़मीन निकल गई। वह इस दुनिया को अलविदा कह रुख्सत हो चुकी थी। वह प्रायश्चित करने लगा, तथा भविष्य में कभी हाथ न उठाने की कसमें खाने लगा।

परन्तु अब वह सलाखों के पीछे अपने ज़िन्दगी ढो रहा था क्योंकि गुज़रा वक्त कभी लौटकर नहीं आता।

आत्महत्या

एक पति का विवाहोपरान्त अपनी पत्नी से उसके अतीत के बारे में प्रश्न करना, उसे बुरा-भला कहना तथा तलाक देने को तत्पर हो जाना....वास्तव में विचित्र-सा प्रतीत होता है।

-क्या विवाह से पूर्व तुम्हारे मन में किसी के प्रति प्रेम भाव था....क्या तुम किसी को चाहती थी। पत्नी यह सुनते ही सकते में आ जाती है और उससे अनुनय-विनय करती है कि वह उसकी अतीत था और तुम मेरा वर्तमान हो... सर्वस्व हो....मेरी आरज़ु हो....मेरी तमन्ना हो। सो! तुम्हें अपने मन से सभी शंकाओं को निकाल फेंक देना चाहिए।

-परन्तु उसके पति का असामान्य व्यवहार उसे तोड़कर रख देता है और वह मां के कहने पर पत्नी को उसके मायके छोड़ आता है....कभी न वापिस लिवा लाने के लिए।

-उसकी पत्नी यह सदमा बर्दाश्त नहीं कर पाती और आत्म-हत्या कर लेती है। काश! उसका पति समय रहते चेत गया होता तो उस मासूम को अपनी ज़िन्दगी से हाथ न धोना पड़ता।

प्राचीन मान्यताएं

समय के साथ-साथ परंपराएं, व्यक्ति की सोच व मर्यादाएं बदल जाती हैं और इंसान यह सोचने पर विवश हो जाता है कि हमारा अतीत स्वर्णिम था, हमारे जीवन-मूल्य कितने प्रभावी थे, परन्तु आजकल तो हर रिश्ते पर ग्रहण लग गया है।

-कल अपने पड़ोस की लड़की के माता-पिता ने उसे ज़िन्दा जला डाला।

-इसका कारण क्या था, ज़रा यह तो बतलाओ।

-कारण था विजातीय विवाह करने का निर्णय.....

-आजकल तो यह सामान्य हो गया है....जाति-पाति, धर्म-सम्प्रदाय व प्राचीन मान्यताएं धराशायी हो गई हैं। वैसे भी हर इंसान को अपने ढंग से जीने का अधिकार है। परन्तु जब तक हम इन दकियानूसी विचारों का त्याग नहीं करेंगे, यह हादसे घटित होते रहेंगे। हमें अपने बच्चों को स्वतंत्रता से जीवन-साथी चुनने का अधिकार देना ही होगा, इसी में सबका मंगल है।

मां की दुआएं

मां....तुम हमारे साथ क्यों नहीं रहती.....कुछ दिन रहकर देखो....यदि तुम्हें किसी तरह का अभाव खले या परेशानी हो तो तुम जो भी निर्णय लोगी, हमें शिरोधार्य होगा।

-बेटा....अपने घर में परेशानी हो भी क्या सकती है ? तुम हो....शालीन, सुसंस्कृत बिटिया है....प्यारे से बच्चे हैं, दिल बहलाने के लिए....

-फिर तुम मान जाओ न....

-परन्तु बेटा! तुम भी जानते हो....मैंने ज़िन्दगी बहुत सलीके से जी है। गत बारह वर्ष से मैं क्लास वन ऑफिसर हूं। पूरे देश में मेरा मान-सम्मान है। हर प्रकार की सुख-सुविधाएं हैं मेरे पास और मैं जो कुछ कहती हूं, उसका अर्थ होता है।

-मेरे मन में यही शंका है कि यदि मेरी भावनाओं को अहमियत न दी गई तो मेरे लिए जीना दूभर हो जायेगा। मैंने जीवन में समझौता करना सीखा है, साष्टांग नत होना मेरी फ़ितरत में नहीं। मेरे लिए आत्मसम्मान सर्वोपरि है।

-मां! प्लीज़....मुझे भी इतने बरसों बाद अपने साथ रहने का अवसर प्रदान करो ताकि मैं उऋण हो सकूं। मैं आज जो कुछ भी हूं, तुम्हारी दुआओं से हूं। मुझसे मेरा हक़ मत छीनो, हरदम मेरे साथ, मेरे पास रहो।

-बेटे की दलीलों से सम्मुख मां निरुत्तर हो गई।

अंदेशा

आजकल माता-पिता अपनी बेटियों से अधिक प्यार करते हैं क्योंकि उनका लाड़-प्यार व मान-मनुहार उन्हें बरबस अपनी ओर आकर्षित कर लेता है।

-पापा-मम्मी बहुत बुरे हैं... हर समय डांटते रहते है। दादी! तुम उन्हें डांटती क्यों नहीं ? उन्हें इतनी तो समझ होनी चाहिए कि बच्चों के साथ त्योहार वाले दिन प्यार से रहना चाहिए....उन्हें कुछ नहीं कहना चाहिए।

-आज तुम मम्मी-पापा को खूब डांटना।

-यदि उन लोगों ने मुझे डांट दिया तो?

-आप उनसे बड़ी हैं। आपको हक़ है उन्हें समझाने का....डांटने का। परन्तु आप अधिक शरीफ़ है, इसलिए किस से कुछ नहीं कहती। ठीक है मैं अपने नानी-नाना से अनुरोध करूंगी कि वे अपनी बेटी को समझाएं। यदि मैं किसी दिन घर से चली गई न.....तो ये दोनों रोते रहेंगे.....मुझे ढूंढते फिरेंगे।

-परन्तु ऐसी बातें तुम्हारे मन में आईं कैसे? कभी दोबारा से इस का ज़िक्र भी मत करना। मम्मी-पापा तो बहुत अच्छे होते हैं, अपने बच्चों से खूब प्यार करते हैं। वे बड़े हैं न, इसलिए गलती करने पर डांट देते हैं।

वह कई दिन यही सोचती रही कि आजकल बच्चे उम्र से पहले ही सयाने हो जाते है जिसका अंदेशा उनके माता-पिता को एक लम्बे अंतराल के पश्चात् होता है।

वसीयत

मां का दिन-प्रतिदिन गिरता स्वास्थ्य सबको यह सोचने पर विवश कर देता है कि न जाने वह कितने दिन की मेहमान है।

-मां! तुम बिल्कुल स्वस्थ हो... इस उम्र में भी अकेले रहकर काम कर रही हो.... देश के किसी कोने की यात्रा कर आती हो.... अपने कार्य में पूर्ण रूप से दक्ष व सक्षम हो। फिर तुम ऐसा क्यों सोचती हो।

-बेटा! मुझे लगता है कि अब मुझे अपने सारे अधूरे कार्य सम्पन्न कर लेने चाहिए। साथ ही अपनी किताबों व लेखन कार्य की वसीयत भी कर देनी चाहिए ताकि मेरी ये रचनाएं पुस्तकालय में सुरक्षित रहें तथा भटके हुए लोगों का मार्गदर्शन कर सकें। मैं बरसों तक शब्दों के माध्यम से ज़िन्दा रहूं। वैसे भी इन्सान के लेखन की महत्ता को दुनिया वाले उसके रुख़सत होने के पश्चात् ही अहमियत प्रदान करते हैं।

-मां! क्या तुम्हें हम पर भरोसा नहीं है। क्या हम तुम्हारी अंतिम इच्छा पूरी नहीं करेंगे?

-मैं तुम पर खुद से अधिक विश्वास करती हूं, परन्तु तुम्हारी व्यस्तताएं तुम पर हावी हैं।

-सो! मैं अपनी वसीयत करती हूं कि मेरे न रहने पर मेरी किताबें पांडुलिपियां डॉ. पाण्डे को दे देना। साथ में कुछ पैसे भी उन्हें दे देना ताकि मेरी यह धरोहर सुरक्षित रह सके तथा जनमानस इन्हें पढ़कर रसास्वादन कर सके। मेरा संदेश उनके हृदय को आंदोलित कर सके। हां! मैं तुम्हें इस तथ्य से अवगत कराना चाहती हूं कि मैंने देहदान कर दिया है। तुम इस पार्थिव शरीर को मेडिकल कालेज को सौंप देना ताकि यह शोध कार्य में सहायक सिद्ध हो सके।

-मां की सोच को जानकर बेटे के मन में उसके प्रति श्रद्धाभाव और भी बढ़ गया।

अंतहीन दौर

आजकल माता-पिता की अपेक्षाएं अपनी बेटियों से आवश्यकता से अधिक बढ़ती जा रही हैं। वे अपनी ज्येष्ठ कन्या को पढ़ाते-लिखाते हैं तथा उसे परिवार का वास्ता देकर आजीवन अविवाहित रहने पर विवश कर देते हैं। वह त्याग की प्रतिमा बन संघर्षशील बनी रहती है और एक लम्बे अंतराल के पश्चात् जब उस घर का सपूत भी विवाहोपरांत अपनी पत्नी के साथ उन्हें अलविदा कह चल देता है तो वह मासूम ठगी-सी, विस्फारित नेत्रों से देखती रह जाती है। वह दिन उसके जीवन का काला अध्याय बन जाता है।

-मां! अब तो मुझे यह घर छोड़ कर जाने की इज़ाज़त है क्योंकि घर-परिवार के तुम्हारे सब कार्य सम्पन्न हो चुके हैं।

'परन्तु इस उम्र में तुम जाओगी कहां... कौन अपनायेगा तुम्हें ?' मां के ये शब्द उसके अंतर्मन को बेध जाते हैं और वह सोचने पर विवश हो जाती है कि अभी तो उसे ने जाने कितनी अग्नि-परीक्षाओं से और गुज़रना होगा। शायद यह अंतहीन दौर है। उसका तो जन्म ही कांटों की डगर पर चलने व स्वयं की आहुति के लिए हुआ है।

रिश्ते

रिश्तों की दास्तान बड़ी अजीब होती है। इन्सान जन्म लेते ही बंध जाता है अनके बंधनों में ...परन्तु औरत की तो कहानी बड़ी विचित्र है। जन्म से पिता के साये में, उसके पश्चात् भाई के अंकुश में और फिर रोपित होती है वह पति के आंगन में, जहां वह अजनबी होती है। जीवन-साथी के साथ बंध जाती है....सात फेरों के अटूट बंधन में जो जन्म-जन्मांतरों का बंधन कहलाता है।

इसी विचार तंद्रा में पति के कर्कश स्वर को सुन वह चौंक गई। 'तुम से कितनी बार कहा है कि बिस्तर छोड़ो और घर का काम करो। तुम्हें कुछ नहीं है। यदि ऐसे ही रोज़ बीमार पड़ी रही तो कौन देखभाल करेगा तुम्हारी बुढ़ापे में।' इन शब्दों ने उस पर वज्रपात किया। वह सोचने लगी, वह बीमार है। उससे उठा तक भी नहीं जाता और घर के सब लोग उस पर शक करते हैं, जैसे वह बीमार होने का ढोंग कर रही है। वह रात भर रोती रही, अपने भाग्य को कोसती रही।

उसने तो सुना था 'भगवान के घर देर है, अंधेर नहीं ?'परन्तु उसके जीवन के अंधकार का तो अंत ही नहीं। चालीस साल से वह ऐसे व्यग्य बाणों को सहन कर रही है। उसके भाग्य का सूर्योदय कभी होगा या नहीं। वह भगवान से गुहार लगा रही थी कि वह उसे इस जहान से वापिस बुला ले और इन सांसारिक बंधनों से मुक्ति प्रदान कर दे। वह ज़माने वालों को अलविदा कह सुखद भविष्य के अरमान मन में लिए चल दी।

शुभा

डा. सक्सेना इन्सान के रूप में देवता हैं। उनका प्रभावशाली व्यक्तित्व, शांत स्वभाव तथा कम बोलना सबको आकर्षित कर लेता है। शुभा ने अपनी मां से पूछा 'मम्मी! अंकल से आपकी मुलाकात कहां हुई। कितनी अच्छी सोच है उनकी...आज के युग के साथ चलते हैं...कितना अच्छा बोला था उन्होंने आज अपने विषय पर...आपको भी ज़माने के साथ चलना चाहिए।' वह कुछ जवाब देती, उससे पहले ही उसने उनकी तारीफ़ों के पुल बांध दिए।

शुभा की मम्मी ने उसे बताया कि वह एक बार उसने मिली थी और उसके बाद फोन पर बात होती रहती थी। सचमुच डा. सक्सेना महान् हैं... बहुत ही कोआपरेटिव हैं...उनके व्यक्तिव के बखान के लिए उसे शब्द नहीं मिलते। वे वास्तव में विलक्षण प्रतिभा के धनी हैं। उनका जीवन साहित्य की समर्पित है। उनकी रचनाओं को पढ़कर इस उम्र में डी. लिट् करने का मन करता है। एक-एक शब्द मानों उनकी रचनाओं में मणिक की भांति जड़ा हुआ है, जिसकी आंतरिक ऊष्मा मन में संवेदना उत्पन्न करती है। काश! वे शतायु हों और मेरी उम्र भी उन्हें लग जाए। वास्तव में वे साहित्य और समाज की धरोहर हैं।

शुभा यह सब सुनकर हतप्रभ रह गई। आज के युग में ऐसे लोग भी हैं जो दूसरों की भावनाओं का सम्मान करते हैं। निष्काम कर्म उनके जीवन का ध्येय होता है। वे निःस्वार्थ भाव से सबकी सहायता करते हैं। उनकी विनम्रता, सहज स्वभाव व सौजन्य सबको प्रेरणा देता है। शुभा भी डा. सक्सेना की कायल हो गई और उनसे फोन पर सलाह-मशविरा करने लगी।

सलामती

आज चेतना बहुत प्रसन्न थी। उसका बेटा उसे हरिद्वार लेकर जा रहा था। वह उसकी प्रशंसा करते नहीं अघाती थी। उसने आस-पड़ोस में सबको बता दिया था कि वह अब तीर्थ यात्रा कर एक सप्ताह पश्चात् लौटेगी।

परन्तु आधुनिक श्रवण कुमार अपनी मां को एक धर्मशाला के बाहर बैठाकर चला गया कि वह उसके लिए भोजन की व्यवस्था करके शीघ्र लौट आएगा। परन्तु वह तीन घंटे तक नहीं लौटा। वह उसकी सलामती की दुआएं मांग रही थी...पता नहीं वह किस हाल में होगा। उसकी रक्षा करना प्रभु...

इसी बीच धर्मशाला का मालिक बाहर निकला। उसने चेतना को भीतर चलने को कहा, परन्तु वह इसके लिए तैयार नहीं हुई।

-मेरा बेटा अभी लौट आएगा। वह मेरे लिए खाना लेने गया है।

-वह कभी नहीं आएगा। मां जी! यही है न आपका बेटा....वह हमें पूरे कागज़ बनवा कर दे गया है। अब आपको यहीं रहना है। चलो! मैं आपको सब

लोगों से मिलवा देता हूं।

- मां-बाप अपने बच्चों पर अंधविश्वास करते हैं, उन्हें बहुत ही आज्ञाकारी समझते हैं। परन्तु वे भूल जाते हैं कि ज़माने की आबोहवा बहुत खराब है। सो! उन्हें अपने भविष्य के प्रति इतना आश्वस्त नहीं रहना चाहिए कि वे उन्हें अपने घर में पनाह देंगे क्योंकि आजकल परिवार की परिभाषा बदल गई है। पति-पत्नी और बच्चे... शेष संबंध उनके लिए बेमानी हो गए हैं।

परन्तु उसकी समझ में कुछ नहीं आ रहा था। इस स्थिति में वह आंखिन देखी पर भी विश्वास करने को तैयार नहीं थी।

अशोभनीय व्यवहार

अस्सी वर्ष की वृद्धा मां जो आज अपाहिज-सा जीवन जीने को विवश थी, जिसे उसका बेटा-बहू दो रोटी देने को भी तैयार नहीं थे...वह फिर भी अपने बेटे के घर में अंतिम सांस लेना चाहती थी। वह आज भी उन परंपराओं को धरोहर सम संजोए थी।

दिन-रात एक स्टोरनुमा कमरे में पड़ी, अतीत की स्मृतियों में खोई रहती थी, जहां महीनों तक कोई भी उससे बात तक नहीं करता था। बची-खुची सब्ज़ी के साथ दो सूखी जली कटी रोटियां उसे परोस दी जाती थीं जिन्हें गले से नीचे उतारने के लिए पानी का सहारा लेना पड़ता था। उसकी पुत्रवधु दिनरात उसे कोसती रहती थी कि पता नहीं यह चुड़ैल कब तक मेरा पीछा करेगी। अस्सी की हो चुकी है, अभी भी इसे मौत नहीं आती।

वास्तव में भगवान उस पर मेहरबान था कि उसे कुछ भी सुनाई नहीं पड़ता था, अन्यथा अब तक तो वह डिप्रेशन में चली गई होती। घर के सभी सदस्य हर पल उस पर बरसते रहते थे, परन्तु वह उन्हें दुआएं देती नहीं थकती थी।

काश! उसके बच्चे उसमें अपना भविष्य निहारते तो वे उसके साथ इतना कटु व अशोभनीय व्यवहार कभी न करते।

मुखौटे

मिस्टर चौधरी का समाज में बड़ा रुतवा था। उन्होंने परिवार को एक सूत्र में बांध कर रखा था और उनके मुख से निकला हर शब्द पत्थर की लक़ीर होता था, जिसकी अनुपालना का दायित्व उनकी पत्नी पर था। यदि उसमें ज़रा-सी कोताही होती थी तो उसकी सज़ा उनकी पत्नी को भुगतनी पड़ती थी। अपने पति के क्रूर चेहरे व स्वभाव से वह परिचित थी क्योंकि उसे हर पल दोहरा जीवन जीना पड़ा था।

एक दिन ससुर का असली चेहरा उनकी पुत्रवधु के सामने आ गया जो अपनी पत्नी पर कार्यक्रम में थोड़ी देरी होने पर चिल्ला रहे थे तथा उसे बेतहाशा पीट रहे थे। वह बेचारी उनके सामने गिड़गिड़ा रही थी, क्षमा-याचना कर रही थी। उसे कठपुतली की भांति मुस्कराते हुए मेहमानों का सामना करना था। अपने ज़ख्मों की सहलाते हुए वह पांच मिन्ट बाद उस पार्टी में पहुंच गई, जहां उसकी प्रतीक्षा हो रही थी।

उसकी मां-तुल्य सास के चेहरे पर कोई शिकन नहीं थी। यह दृश्य देखकर पुत्रवधु मानसिक रूप से आहत थी और उस घर की परंपरा, आस्था, आदर्शवादिता के बारे में सोच रही थी, जहां का हर इंसान मुखौटे धारण कर जीता था।

स्नेहालय

स्नेहालय.....बहुत आकर्षक नाम है। वह स्थान जहां प्यार-ही-प्यार बसता हो। वे मासूम कलियां जिनका त्याग उनके माता-पिता द्वारा इसलिए कर दिया गया था कि वे अंतिम समय में उन्हें मुक्ति प्रदान नहीं कर सकतीं थीं, उनकी वंश-बेल को बढ़ाने में सक्षम नहीं थी। कुछ लोग परिवारिक परिस्थितियों के चलते उन्हें किसी मंदिर की सीढ़ियों पर छोड़ कर अपने दायित्व से निज़ात पा लेते हैं तो कुछ लोग उन्हें स्नेहालय की चारदीवारी में छोड़ जाते हैं, जहां उन्हें हर पल मर कर जीना पड़ता है। उनकी आकांक्षाओं को रौंद डाला जाता है और उन्हें न जाने कितनी विषम परिस्थितियों से गुज़रना पड़ता है।

स्नेहालय की देखरेख करने वाला हर बाशिंदा उन्हें अपनी धरोहर समझ उनसे मनचाहा व्यवहार करता है। वे मासूम रिश्तों की परिभाषा से अंजान, दीन-दुनिया से बेखबर, आपस में खुश रहने का प्रयास करती हैं। हर पल दहशत में रहना उनकी नियति बन जाती है और वह पुरुष के साये को देख कांपने लगती हैं। इसके लिए दोषी कौन....उन मासूमों के माता-पिता या सामाजिक अंधविश्वास, जिनके कारण उन्हें मानसिक यन्त्रणा का सामना करना पड़ता है।

आक्रोश

मां-मां! मैं भी अपना जन्मदिन मनाना चाहता हूं। मां पिछले महीने मालिक के बेटे शुभम् का जन्मदिन था। वह कितनी खुशी से सबसे उपहार ले रहा था। देर रात तक पार्टी चली थी। सब शुभम् और उसके माता-पिता को मुबारकवाद दे रहे थे।

'बेटा! हम गरीब लोग हैं। गरीबों के जन्मदिन नहीं होते। हम लोगों की तो तक़दीर बहुत खोटी है...हमें तो आजीवन मेहनत-मज़दूरी करके अपना निर्वाह करना है। बेटा! इसलिए भूलकर भी कभी यह बात अपने मन में न आने देना।' वह मासूम विचार तन्द्रा में डूब गया।

थोड़ी देर के पश्चात् उसने मां से प्रश्न पूछा। 'मां! यह अमीर-गरीब किसने बनाए हैं। भगवान ने तो सबको समान बनाया है। फिर यह जाति-पाति व ऊंच-नीच का भेदभाव क्यों? चलो हम सब मिलकर इन दीवारों को तोड़ डालें।'

मां उसके मन में उठने वाले झंझावात व आक्रोश को अनुभव कर रही थी और सोच रही थी एकदिन सुनामी के दस्तक देने पर सब कुछ नष्ट-भ्रष्ट हो जायेगा...उसके पश्चात् एक स्वस्थ समाज की संरचना अवश्य होगी।

गलती

'तुम! अपने कमरे में शांति से नहीं बैठ सकती थी? तुम्हें इतने गंदे

वस्त्रों में रोमेश के जन्मदिन की पार्टी में आने की क्या आवश्यकता थी?' साहिल की पत्नी अपनी सास पर देर रात चिल्ला रही थी।

- बेटा! मेरा भी मन हुआ कि मैं जाकर देखूं कि मेरा वंशज रोमेश कैसा लगा रहा है? उसे प्रसन्नचित्त मुद्रा में देखना चाहती थी, इसलिए चली आई।

-क्या रोमेश कहीं भाग कर जा रहा था। तुमने सबके बीच हमारी बेइज़्ज़ती करा दी।

-यदि तुम्हें बुरा लगा है तो मैं क्षमा मांगती हूं और सौगंध लेती हूं कि मैं भविष्य में कभी अपने कमरे से बाहर नहीं आऊंगी। मैं भूल जाऊंगी कि मेरा तुम लोगों से कोई संबंध है।

यह सुनकर साहिल की पत्नी निश्चिंत हो गई, परन्तु रोमेश ने अपनी मां को अहसास दिया कि वह भी भविष्य में उन्हें ऐसे ही कमरे में बंद रखेगा तथा उनसे कभी बात नहीं करेगा।

इतना सुनते ही उसकी पत्नी ने अपनी सास के सामने जाकर ग़लती स्वीकार की।

बढ़ते कदम

एक ठेकेदार के यहां बंधुआ मज़दूरी करते-करते रामदीन अपना सर्वस्व उसके अंधे खातों में आहुति सम डाल चुका था। अब बीमारी की दशा में उसे तथा उसके परिवार को फ़ाकों का सामना करना पड़ रहा था। अपने बच्चों को रोते-बिलखते देख उसका कलेजा मुंह का आता था।

-तुम साहिल को डाक्टर से दवा दिलवा लाओ। वह तीन दिन से बुखार से तप रहा है। यदि उसे कुछ हो गया तो मैं तुम्हें कभी माफ नहीं कर पाऊंगी। रामदीन के पास उसके प्रश्नों का कोई उत्तर नहीं था।

-तुम सबकुछ जानते हुए भी अनजान बनती हो। ठेकेदार ने तो अब उधार देना भी बंद कर दिया है, उसकी नज़रें तो हमारी छमिया पर हैं। वह कई बार कह चुका है कि वह उसे काम पर भेज दिया करे.. वह उसे दूसरों से अधिक मज़दूरी देने को तैयार है।

- तुम ही बताओ, मैं उसे जीते जी नरक में कैसे धकेल दूं? उसकी

अस्मत का सौदा कैसे कर दूं ?

इतना सुनते ही उसकी पत्नी ठेकेदार के ठिकाने की ओर बढ़ गई और रामदीन चाहकर भी उसके बढ़ते कदमों को रोक नही पाया।

विषैला प्रभाव

- तुम मुझ पर शक़ करने लगे हो, ऐसा तो मैंने कभी सोचा ही नहीं था। मैंने तुम पर विश्वास करके अपने माता-पिता को छोड़ा, घर-परिवार, संबंधियों से मुख मोड़ा। अब तुम ही मुझ पर इल्ज़ाम लगाने लगे हो।

- नहीं-नहीं। मैंने ऐसा तो कुछ नहीं कहा।

- तुम्हारा अपने दोस्तों के सामने मुझे ज़लील करना, अकारण डांटना-फटकारना, तुम्हारी दूषित मनोवृत्ति को उजागर करता है। पहले तो तुम्हारा व्यवहार कभी ऐसा नहीं था।

- तुम भी पहले मेरी हर बात मानती थी, परन्तु अब तो तुम्हारे तेवर बदलने लगे हैं। जानती हो, मैं बेराज़गार हूं... क्या तुम्हारे ज़ेहन में कभी यह बात आई कि आखिर घर का गुज़ारा कैसे चलेगा।

मैं इन विषम परिस्थितियों में यदि मैं तुमसे नौकरी करने की बात कहती तो तुम मुझ पर न जाने कितने इल्ज़ाम लगाते। इसलिए मैं चुप रही क्योंकि मैं जानती थी कि संदेह व शक़ जीवन को समूल नष्ट-भ्रष्ट कर डालते हैं। इसके विषैले प्रभाव से कोई आज तक बच नहीं पाया। सो! मैंने अपनी पहले वाली नौकरी पर जाना प्रारम्भ कर दिया है। वह पत्नी की दलीलों के सामने निरुतर हो गया।

भड़ास

रेलवे प्लेटफार्म पर सोते लोगों की ज़िन्दगी कितनी अव्यवस्थित होती

है। उन्हें अगले पल का भी तनिक भी आभास नहीं होता। वे नहीं जानते कि अगले पल किसकी पत्नी को पुलिस वालों या अफसरों की दरिंदगी का शिकार बनना पड़ेगा।

-किसके साथ मुंह काला करके लौटी है तू.. दूर हो जा मेरी नज़रों से और पलटकर इधर कभी मत देखना।

-तू अपनी औरत को बुरा-भला कह रहा है। यदि तुझ में थोड़ी सी भी ग़ैरत-शेष है तो ले जा इसे यहां से दूर.. बहुत दूर जहां उसकी अस्मत से कोई दोबारा खिलवाड़ न कर सके।

-इतना सुनते ही उसने पैंतरा बदला और वह अपनी पत्नी से क्षमा याचना करने लगा। उसकी पत्नी के मन की भड़ास अश्रुओं के रूप में प्रवाहित हो गई।

चक्रव्यूह

अपने सात वर्ष के बेटे पलाश के विरुद्ध स्कूल से चोरी की शिकायत मिलने पर उसने मौन रहना उचित समझा तथा भविष्य में उसकी सभी इच्छाएं पूरी करने का प्रण ले लिया। वह मेहतन मज़दूरी कर उसे अच्छे स्कूल में पढ़ाती रही तथा पलाश के उज्ज्वल भविष्य के स्वप्न संजोती रही।

परन्तु पलाश की कारस्तानियां अब उजागर होने लगीं। लड़ाई-झगड़ा करना तथा समाज विरोधी गतिविधियों में प्रतिभागिता उसकी दिनचर्या में शामिल हो गया और एक दिन पुलिस ने उसे पकड़कर सलाखों के पीछे ले जा कर पटक दिया।

मां यह जानकर आत्मनियंत्रण खो बैठी और उसे ज़मानत पर छुड़वा लाई। अब पलाश के हौंसले और भी बुलंद हो गए। वह गलत कामों के चक्रव्यूह में उलझता चला गया।

मां के संस्कार उसे एक अच्छा इंसान नहीं बना पाए क्योंकि इंसान के कदम जब गलत राह पर बढ़ जाते हैं तो वह उस दलदल में धंसता चला जाता है और उन असामान्य परिस्थितियों में मां की ममता, प्यार-दुलार, स्नेह व त्याग का कोई मूल्य नहीं होता।

कुमाता

एक मां ऊंचे-ऊंचे ख्वाब पूरे करने के लिए अपनी बेटी को नरक में धकेल सकती है, इसकी कल्पना मात्र से हृदय कांप उठता है।

उसने अपने बेटी को पैसा कमाने की मशीन मात्र समझकर अविवाहित रहने को मजबूर किया.. उसे सदैव इमोशनली ब्लेकमेल करती रही कि परिवार का दारोमदार उस पर है तथा वह ही सबकी जीवनाधार है।

परन्तु उसकी मां ने कभी किसी काम को करने की ज़ेहमत नही उठाई क्योंकि वह तो केवल हुक्म चलाना जानती थी जिसके फलस्वरूप उसका परिवार बिखर कर रह गया.. उसके बेटे-बेटियों की ज़िन्दगी नरक बनकर रह गई , जिसका उसे लेशमात्र भी दु:ख नहीं था।

'अपनी बेटी पर हरपल उसकी मां होने का अहसान जताना, उसकी ज़िन्दगी में दखलंदाजी करना... उसकी बेटी को अपनी मां को स्पष्ट शब्दों में यह कहने पर विवश कर देता है कि वह उसकी जन्मदात्री हो ही नहीं सकती क्योंकि एक मां कभी कुमाता नहीं हो सकती। मां तो अपने बच्चों के लिए प्राणों का उत्सर्ग करने को सदैव तत्पर रहती है। परन्तु तुम तो न जाने किस जन्म के कर्मों का मुझसे बदला ले रही हो।'

विकल्प

एक पिता की उम्र के व्यक्ति से अपनी बेटी का विवाह करना वास्तव में यह सोचने पर विवश कर देता है कि कितनी आपदाओं का सामना उस मासूम को आजीवन करना पड़ेगा। पति का अमानुषी व्यवहार, बच्चों का उस सौतेली मां को अपना दुश्मन समझना तथा डायन कहकर पुकारना उसके मनोमस्तिष्क में तूफ़ान ले आता है।

-तुम समझती क्या हो खुद को.. मुझ पर हुक्म चलाना चाहती हो, परन्तु मैं एक ग़ैरतमंद इंसान हूं.. तुम्हारी चिकनी-चुपड़ी बातों में नहीं आने वाला।

-परन्तु मैंने तो तुमसे कभी किसी प्रकार की अपेक्षा नहीं की.. न ही कभी कोई फरमाइश की, फिर भी तुम मुझसे सदैव नाराज़ क्यों रहते हो।

-तुम्हें इस घर में केवल मां बनकर रहना होगा.. पत्नी के रूप में मैं तुम्हें कभी नहीं अपना पाऊंगा। यह सुनते ही उसके सपने तार-तार हो गए और उसने एक ज़िंदा लाश की तरह अपनी ज़िन्दगी ढोने का निर्णय कर लिया क्योंकि यही था उसके समाने सर्वोत्तम उपाय, जिसका कोई विकल्प नहीं था। वह जानती थी कि उसके आगे कुआं है, तो पीछे खाई।

संवेदना जीवित है

कमरे में पड़ी वृद्धा की कराहने की आवाज़ें सबके मन को द्रवित कर देती थीं और सब परिवारजन रोग से मुक्ति की प्रार्थना करते नहीं अघाते थे।

-डाक्टर साहब! मुझसे मां की यह हालत नहीं देखी जाती। क्या इस रोग का कोई निदान नहीं है। आप इनके इलाज की व्यवस्था कर दीजिए। उसके लिए मैं अपने ज़ेवर तक बेचने को भी तैयार हूं।

- यह तुम्हारी मां है या सास।

- रिश्ते में यह मेरी सास हैं, परन्तु इन्होंने मुझे मां से बढ़कर प्यार-दुलार दिया है। सो! इनकी सेवा करना मेरा परम कर्त्तव्य है।

डाक्टर यह सुनकर आश्चर्यचकित रह गया और सोचने लगा। संवेदना अभी मरी नहीं, जीवित है और उसने वृद्धा का तुरंत मुफ्त आप्रेशन करने का ऐलान कर दिया।

चाह

बेटे की चाह में अपनी पुत्रवधु शमा को हरपल कोसना तथा बेटे के

दूसरा विवाह करने की धमकी देना, उससे अमानवीय व्यवहार करना, सचमुच हृदय को द्रवित कर देता है।

-एक दिन शमा अपने पति को अस्पताल ले जाती है और डाक्टर की बातें सुनकर उसके नेत्र खुल जाते हैं।

-मां! तुम व्यर्थ ही शमा को मत कोसा करो। इसमें सारा दोष मेरा है। हम तो नादानी में उसे बुरा-भला कहते रहे, उस पर दोषारोपण करते रहे और वह सब चुपचाप सहन करती रही।

-मां! वैसे भी बेटे-बेटी में अंतर कहां है ? हम इन दोनों को पढ़ा-लिखा कर आत्मनिर्भर बनायेंगे। देखना.. एक दिन ये हमारे वंश का नाम रोशन करेंगी। काश! समाज के हर व्यक्ति की सोच बदल जाती तो भ्रूण हत्या की समस्या समूल नष्ट हो जाती और समाज में सौहार्दपूर्ण वातावरण स्थापित हो जाता।

पुत्र मोह

सुलभा ने पति के निधन के पश्चात् मेहतन-मज़दूरी कर अपने बेटे को पढ़ाया और वह सी.ए. बन गया। उसे विदेश में नौकरी मिल गई। उस दिन सुलभा खुशी से फूली नहीं समा रही थी और उसने सारे गांव में मिठाई बांटी थी। उसके बेटे-बहू ने घर को बड़ी होशियारी से उसे पड़ोसियों के यहां छोड़ दिया था कि वे शीघ्रता से मां का वीज़ा बनवाकर उसे अपने साथ ले जायेंगे। सो! मां हरपल उनके उज्ज्वल भविष्य के लिए दुआएं मांगती रही। उसे प्रतीक्षा थी उस पल की, जब वे दोनों उसे अपने साथ ले जायेंगे।

परन्तु वह दिन कभी नहीं आया। सुलभा ने अंतिम सांस तक यह उम्मीद नहीं छोड़ी और एक दिन वह इस बेरहम संसार को अलविदा कह रुख्सत हो गई। बेटा जिसे वह अपनी ज़िन्दगी का हिस्सा स्वीकारती थी, उसके लिए मंगल कामनाएं करती थी.. वह तो उसकी देह को अग्नि देने भी नहीं पहुंचा।

'काश! इंसान पुत्रमोह से मुक्त हो पाता।'

समानता का दर्जा

ज़िन्दगी से थका-हारा इंसान विवाहोपरांत अपनी पत्नी से अपेक्षा करता है कि वह एक कठपुतली की भांति उसके इशारों पर नाचती रहे। निराशा के क्षणों में मां की भांति उसे धैर्य बंधाएं तथा तमाम आपदाओं से उसकी रक्षा करे।

-तुम्हें अपने पति की हर इच्छा का ख्याल रखना चाहिए, परन्तु तुम तो जाने किस दुनिया में खोई रहती हो।

-मैं हरपल साये की भांति तुम्हारे साथ रहती हूं। तुमसे अलग होकर जीने की कल्पना तो मैं कभी कर ही नहीं सकती।

-तुम मुझे गुलाम बनाना चाहती हो.. उंगलियों पर नचाना चाहती हो, परन्तु मैं.. मैं तुम्हारे कदमों में नहीं बिछ सकता। मैं तुम्हारा पति हूं.. तुम्हें मेरे हर आदेश की अनुपालना करनी होगी।

-इतना कहते-कहते उसे दिल का दौरा पड़ा और वह मूर्छित हो गया। उसकी पत्नी यही सोचती रही कि आखिर पुरुष कब अपने अंह का त्याग कर पत्नी को समानता का दर्जा देगा। उस नई सुबह की सबको सदियों से प्रतीक्षा है।

संरचना

-मां! हम दशहरे के दिन रावण-दहन क्यों करते हैं? इंसान का इस दुनिया से रुख्सत होने के पश्चात् अग्नि-दाह किया जाता है, परन्तु रावण को तो हर वर्ष क्यों जलाया जाता है।

-बेटा! रावण बुराइयों का प्रतीक है और एक बुराई के पश्चात् दूसरी सिर उठा लेती है। इसीलिए रावण के दस सिर हैं।

-मां! हमारे समाज से बुराइयों का अंत कब होगा? वह दिन कब आयेगा जब अखबारों में हिंसा व लूटपाट की खबरों को स्थान नहीं मिलेगा। मां.. मुझे बताओ, एक ओर तो महंगाई बढ़ रही है, दूसरी ओर हम चप्पे-चप्पे पर रावण के बड़े से बड़े पुतले बनाकर उनका दहन करते हैं।

-परन्तु वर्ष भर में बुराइयां भी तो बढ़ जाती हैं। सो! यह आवश्यक हो जाता है कि उनसे निज़ात पाने के लिए हम भरसक प्रयास करें।

-मां! मैं बड़ा होकर समाज में व्याप्त अंधविश्वासों, रुढ़ियों, परम्पराओं और दकियानूसी विचारधाराओं को समूल नष्ट करने का प्रयास करूंगा ताकि समाज में समंजस्यता व समरसता स्थापित हो सके और स्वस्थ समाज की संरचना संभव हो सके।

अपने लोग

दस वर्ष की बिटिया के मुख से यह प्रश्न सुनकर वह हैरान हो गई।

-मां! अपने लोग कौन होते हैं। उनकी परिभाषा से मुझे भी अवगत कराओ।

-सुरभि! मामा, चाचा, पापा, नाना, दादा.. सब अपने लोग होते हैं, जिन पर इंसान विश्वास कर, उनके आंचल में स्वयं को सुरक्षित अनुभव कर सकता है।

-मां! किस ज़माने की बात कर रही हो। आजकल रिश्तों की अहमियत बची ही कहां है ? सारा अखबार इन्हीं हादसों में भरा होता है। फिर भी तुम इन संबंधों को पाक़-साफ़ कहती हो। इतना कहते ही डर से उसका मुख पीला पड़ गया।

-मां ने सुरभि से उस सत्य को जानने की कोशिश की, जिसे वह अपने अंतर्मन में दफ़न किए थी। सुरभि से यह रहस्य जानने के पश्चात् वह पति-पत्नी के रिश्ते को दरकिनार कर सीधी पुलिस-स्टेशन की ओर चल दी क्योंकि अब उसके ज़ेहन से 'अपने लोग' की परिभाषा व रिश्तों का भ्रम निकल चुका था।

चकमा

पति के विदेश से एक वर्ष तक न लौटने पर काम्या के मन में असंख्य

चिंता की रेखाएं उभर आईं और उसने अपने माता-पिता को सरल के बारे में सूचना प्राप्त करने को कहा, परन्तु उनके हाथ निराशा ही लगी।

-काम्या, तुम चिंता न करो। मैं विदेश जाते ही तुम्हें वहां बुला लूंगा।

-नहीं-नहीं, तुम मुझे अपने साथ ले चलो। मैं तुम्हारे बिना जीने की कल्पना भी नहीं कर सकती। परन्तु सरल उसे चकमा देकर चला गया।

-काम्या एक वर्ष तक प्रतीक्षा करती रही। इसी बीच उसने सरल को पिता बनने की सूचना देनी चाही, परन्तु उसने तो काम्या को गलत पता बता रखा था। आखिर उसने मंत्रालय से इस मामले में छानबीन करने की गुहार लगाई।

-मंत्रालय ने काम्या के माता-पिता को उनकी लापरवाही से अवगत करा दिया कि उन जैसे कितने लोग हर वर्ष अपनी बेटियों की ज़िन्दगी को दांव पर लगा देते हैं और इसका खामियाज़ा भुगतना पड़ता है उन मासूमों को, जिन्हें आजीवन तिल-तिल कर हर पल मरना पड़ता है।

अपनी बारी

खुले मैदान में पड़े पाइपों में ज़िन्दगी बसर करने वाले लोगों का कोई जाति धर्म नहीं होता। वे दिन भर अपने-अपने निश्चित स्थानों पर जाकर भीख मांगते हैं और रात को लौट आते हैं, जहां वे निश्चिंत होकर सुकून से निद्रा देवी की गोद में विश्राम पाते हैं। वे कब बचपन से वृद्धावस्था में पदार्पण कर लेते हैं, इसकी ख़बर किसी को नहीं होती। अरे! तुम अपने पड़ोसी के विवाह में शरीक़ नहीं हुए, इसका क्या कारण है ?

-विवाह की परिभाषा समझते हो ? यहां तो सब अपने हैं, मिलजुल कर रहते हैं और हर वस्तु पर सबका समान अधिकार होता है।

-पड़ोसी की बातें सुनकर उसके चेहरे पर चमक आ गई और वह अपनी बारी की प्रतीक्षा में जुट गया।

समझौता

पति के कदम गलत राहों पर अग्रसर होते देख कामना विचार-मग्न हो गई कि उसने अपने पति की खुशियों के लिए सर्वस्व अर्पण कर दिया, उसकी आराधना की, परन्तु उसने उसके साथ विश्वासघात किया।

-तुमने एक पत्नी के रहते उस छिनाल के साथ संबंध स्थापित किए और उसे घर की चौखट के भीतर लेकर आते हुए यह भी नहीं सोचा कि इससे बच्चों पर कितना दुष्प्रभाव पड़ेगा। क्या तुम उनके सामने आदर्श पिता के रूप में प्रतिष्ठित हो पाओगे ?

-इससे मुझे कोई फ़र्क़ नहीं पड़ता। आजकल तो 'लिव-इन-रिलेशन' का युग है। कानून ने भी इसे मान्यता प्रदान कर दी है। अब तुम मेरा कुछ नहीं बिगाड़ सकती।

-तुम ठीक कह रहे हो। पुरुष को समाज में कभी दोषी ठहराया ही नहीं जाता.. वह तो सदा दूध का धुला कहलाता है।

-अच्छा! तुम अपना भाषण बंद करो और मुझे आराम से सोने दो।

-रात भर कामना सोचती रही कि कैसी है औरत की नियति.. उसे तो अपना पक्ष रखने का भी अधिकार प्रदत्त नहीं है। सो! अब परिस्थितियों से समझौता करने में ही सबका हित है और कामना ने दूसरी औरत के साथ रहने का समझौता कर लिया।

बुझा चेहरा

बारात पंडाल में प्रवेश कर चुकी थी। दूल्हे के दोस्त नशे में धुत्त उसे घोड़ी से उतरने नहीं दे रहे थे, जो उसके पिता को बहुत अखर रहा था।

-साहिल! कैसे दोस्त हैं तुम्हारे जिन्हें तनिक भी सलीका नहीं है। उन्हें न तो अपनी संस्कृति की परवाह है, न ही उनकी कोई मर्यादा है। यदि वे शालीनता से पेश नहीं आए तो मैं उन्हें इनकी औक़ात दिखाने में गुरेज़ नहीं करूंगा।

-साहिल के लाख अनुरोध करने पर भी वे मदमस्त नाचते रहे। उनके

अशोभनीय व्यवहार का देख दुल्हन ने अपने पिता से कहा कि वह साहिल से विवाह करने से इंकार करती है। जैसे इसके दोस्त हैं, संस्कार हैं, वैसे ही इसकी सोच होगी। इतना कहते ही दुल्हन पंडाल से बाहर निकल गई।

-साहिल के पिता का बुझा हुआ चेहरा देखते ही बनता था।

आश्वासन

कैंसर पीड़ित वार्ड में कदम रखते ही इंसान यह सोचने को विवश हो जाता है कि आखिर ये लोग किस जन्म के कर्मों का फल भुगत रहे हैं। दूर-दूर तक उनके दर्द से कराहने व चिल्लाने की हृदय-विदारक आवाज़ें अंतर्मन को बेध जाती हैं।

-शालू! मैं इच्छामृत्यु की कामना करता हूं। मुझसे अब यह पीड़ा बर्दाशत नहीं होती। तुम भगवान से प्रार्थना करो कि वह मुझे इस दुनिया से उठा ले।

-शालू के नेत्रों से बरसती गंगा-यमुना की धारा को देख सुगम उसे धैर्य बंधाने लगा है कि उसे इस असहनीय दुःख को सहन करना ही होगा और बच्चों की ढाल बनकर रहना होगा। वादा करो, तुम माता-पिता दोनों के दायित्व का वहन करोगी। शालू उसे आश्वस्त भी नहीं कर पाई थी कि उसके प्राण-पखेरू उड़ गए।

नारकीय जीवन

महानगरों में सड़क के किनारे बनी झोंपड़-पट्टियों को देख मन में विचार कौंध जाता है कि कितने अभागे हैं वे लोग, जिन्हें सर्दी, गर्मी व आंधी के थपेड़ों को सहन करना पड़ता है। उनकी खुशी और गम सांझे होते हैं।

एक-दूसरे पर मिट्टी के ढेलों से प्रहार करते, लड़ते-झगड़ते अधनंगे बच्चे यह सोचने को विवश कर देते हैं कि क्या उन्हें भी रहने के लिए कभी छत नसीब हो पायेगी ?

परन्तु जब आंकड़े यह बताते है कि झुग्गी-झोंपड़ी बनाकर रहना तो इनका धंधा है। सरकार इन्हें बसाने के लिए ज़मीन देती है और वे किसी दूसरे के नाम पर फिर सड़क के किनारे अपना डेरा जमा लेते हैं। पैसे कमाने का इससे आसान काम कोई दूसरा होही नहीं सकता। काश! इनमें थोड़ी सी ग़ैरत शेष होती तो वे इस नारकीय जीवन से निज़ात पाकर सामान्य जीवन जीते।

निर्दोष

मैं तुम्हारे क़ाबिल नहीं रही। मेरी इज़्ज़त, मेरा ग़ुरूर.. सब लुट चुका है।

-परन्तु इसमें तुम्हारा क्या दोष था, सबीना यह तो एक हादसा था। आओ! सब कुछ भुला कर हम नई ज़िन्दगी प्रारम्भ करें। तुम मेरा सर्वस्व हो, तुमने इस घर को घर बनाया सजाया-संवारा, मुझे जीना सिखाया।

-सबीना! उस दिन मैं ही रात को तुम्हें अपने साथ डिनर पर लेकर गया था। परन्तु मैं कहां जानता था कि उस रात टैक्सी ड्राइवर ऐसे हृदय-विदारक हादसे को अंजाम दे देगा। अब तो तुम लौट आई हो। मैं ज़िन्दगी भर तुम्हारा साथ निभाऊंगा। तुम्हें किसी प्रकार की चिंता करने की आवश्यकता नहीं है।

-उसका पति हर पल जूझता रहा। वह उसे बेगुनाह साबित करने की दलीलें देता रहा तथा अपनी सोच बदलने का अनुरोध करता रहा। एक लम्बे अंतराल के पश्चात् सबीना ने स्वयं को अपने पति की इच्छानुसार बदलने का निर्णय लिया। वह उसके साथ बाहर चलने को तैयार हो गई, जिसे जानकर वह अपना आपा खो बैठा।

-मैं तुम्हारे साथ नहीं रह सकता और न ही तुम्हारे साथ कहीं बाहर जाने की कल्पना कर सकता हूं।

-सबीना उस घर को त्यागकर चल पड़ी। उसके पति का ज़मीर जाग उठा और वह उससे क्षमा याचना कर उसे लिवा लाया।

-परन्तु सबीना स्वयं को इस अपराध बोध से मुक्त नहीं कर पाई जो उसने किया ही नहीं था।

अनमोल रिश्ते

ट्रेन के दो डिब्बे रेलवे लाइन की पटरी से नीचे उतरने पर, हाहाकार मच गया। चारों ओर से रोने-चिल्लाने व बचाओ-बचाओ की कर्णभेदी हृदय-विदारक आवाज़ें सुनाई पड़ने लगी। चारों ओर हड़कम्प मच गया। फर्श पर बिखरा सामान व इधर-उधर बिखरे अंग-प्रत्यंग, शरीर से बहता लहू उनके दर्द की दास्तान कह रहा था।

आसपास के गांव के लोग रेल के डिब्बे में फंसे यात्रियों की हर संभव सहायता कर रहे थे, जिनके परिवारजन बिखर गए थे। घायल लोग दर्द से कराह रहे थे तथा उस घड़ी को कोस रहे थे जब वे ट्रेन में सवार हुए थे।

एक बच्चा अपनी मम्मी को पुकार रहा था। एक युवती ने उसे गोद में उठा लिया तथा उससे कहा कि वह उसकी मम्मी तो नहीं है, परन्तु वह उसे उसके घर अवश्य पहुंचा देगी। परन्तु इसके लिए उसे रोना बंद करना होगा। वह उसे अपने घर ले गई।

वह बच्चा थोड़े दिन में अपनी मां को भूल गया और उसे अपनी मां समझने लगा। उस युवती को जीने का मक़सद मिल गया और उसने आजीवन अविवाहित रहने का निर्णय ले लिया। अब वह उस बच्चे से अलग रहने की कल्पना-मात्र से सिहर उठती थी।

वह बच्चा बड़ा होकर एक कंपनी में इंजीनियर हो गया तथा अपनी मां को अपने साथ विदेश ले गया। वे दोनों प्रसन्नता-पूर्वक रहने लगे। कौन कहता है कि केवल खून के रिश्ते ही अनमोल होते हैं, सार्थक होते हैं। हर रिश्ते की अपनी अहमियत होती है, यदि वह पावन होता है तथा उसकी नींव भी सुदृढ़ होती है।

लौट आओ

एक वृद्धा जिसे उसका बेटा बीच मंझधार छोड़कर चला गया था, कभी न लौटने के लिए... वह उसकी प्रतीक्षा में पलकें बिछाए रहती थी। हर दिन डाकिए का इंतज़ार करती थी, परन्तु उसके हाथ निराशा ही लगती थी।

दो वर्ष तक जब उसे अपने बेटे की कोई ख़बर नहीं मिली, फिर भी उसने धैर्य नहीं खोया। वह हर पल परवरदिग़ार से प्रार्थना करती रही कि अंतिम समय में अग्निदाह उसका बेटा ही करे।

परन्तु वह विदेश से नहीं लौटा क्योंकि वह तो उस दिन मां से सभी संबंध तोड़ कर, अलविदा कह चला गया था। वह अभागिन हर पल उससे लौट आने की गुहार लगाती रही।

-काश! उसने अपने मां की सुध ली होती.. परन्तु यह आभास उसे तब होता है, जब उसका बेटा उसे अकेला छोड़ चला जाता है। वह उसके लौटने का इंतज़ार कर रहा होता है, परन्तु यह दुनिया छोटी है। उसे अपने कर्मों का फल अवश्य भोगना पड़ता है। उन विषम परिस्थितियों में वह केवल प्रायश्चित कर सकता है क्योंकि इस दुनिया से रुख्सत होने के पश्चात् कोई लौट कर नहीं आता। आज वह यही शब्द दोहरा रहा था 'लौट आओ' बेटा! यह आंखें तुम्हारी प्रतीक्षा में पथरा गई हैं।

दर्द का अहसास

डा. साहब... आप्रेशन के पश्चात् भी मैं स्वयं को ठीक महसूस नहीं करती। हर सांस के साथ कुछ चुभन-सी अनुभव होती है। अब मुझसे यह दर्द सहन नहीं होता।

-तुम्हें व्यर्थ ही वहम हो गया है। तुम्हारी हड्डी ठीक से जुड़ गई है। एक्स-रे की रिपोर्ट भी बिल्कुल ठीक है।

-अगले दिन उस मरीज़ को देखते डा. उस पर बरस पड़ा। मैंने तुम्हारा आप्रेशन किया था.. उम्रभर का ठेका नहीं लिया था। अब तुम जा सकती हो।

-उसने तुरन्त अस्पताल का रुख किया, जहां जाने पर उसे पता चला कि उसकी बाज़ू में कांच के टुकड़े रह गए हैं, जो उसे चैन की सांस भी नहीं लेने देते। उन्होंने पुनः आप्रेशन कर उन कांच के टुकड़ों को निकाला। अगले दिन अस्पताल से छुट्टी मिलने के पश्चात् उसे सुकून मिला और वह भरपूर सोई।

कई बार डाक्टरों की लापरवाही का अंजाम भुगतना पड़ता है उन बेबस, असहाय मरीज़ों को जो उन्हें अपनी पीड़ा के बारे में बतलाते तो हैं, परन्तु डाक्टर उन मरीज़ों की बातों की ओर ध्यान नहीं देते और यही उनके जीवन की त्रासदी बनकर रह जाती है। काश! डाक्टरों ने संवेदनहीनता को त्याग उन के दर्द का अहसास किया होता।

तस्वीर

नव वर्ष के आगमन में पूरे नगर में जश्न मनाए जा रहे थे। देर रात तक लोग क्लबों व होटलों में नाच-गाकर अपनी खुशी का इज़हार कर रहे थे। कहीं लोग रेव पार्टी का आनन्द ले रहे थे तो कहीं युवतियां सिगरेट का कश लगा रही थीं। यह थी मुल्क की एक तस्वीर। वहीं दूसरी ओर सड़क के किनारे सर्दी से ठिठुरते बच्चे एक-दूसरे से चिपक कर गर्मी का अहसास पा लेना चाहते थे। वृद्धजन मन ही मन दुआ कर रहे थे कि यह सर्दी का मौसम किसी तरह सिमट जाए और यह लम्बी शीत रात्रि शीघ्रता से गुज़र जाए। उन्हें प्रतीक्षा थी नई सुबह की.. ताकि सूर्य की किरणें उन्हें सुख का आभास करा सकें।

इसी बीच एक गाड़ी उन अभागों के निकट रुकी ओर वहां जमघट सा लग गया। जैसे वे प्रतीक्षा कर रहे हों किसी दानवीर की, जो उन्हें भयंकर शीत लहरों से बचा ले। उनके हृदय से अनगिनत दुआएं निकल रही थीं और हाथ आशीर्वाद देने को उठ गए थे।

आस्था

माता-पिता की दुलारी, आस्था सबका मन मोह लेती थी। स्कूल से लौटने के पश्चात् चहलकदमी करती, शाम को सबके लिए नई डिशेज़ तैयार करना उसकी हॉबी थी। केक बनाने में तो उसे महारथ हासिल थी। यहां तक कि आस-पड़ोस के लोग भी केक बनाने के लिए उसे बुलाने लगे थे।

-आस्था! किचन में खाना बनाना आपको शोभा नहीं देता। घर में दो-दो बाई हैं, काम करने के लिए...फिर तुम क्यों गर्मी में किचन में जुटी रहती हो। क्या इन्हें गर्मी नहीं लगती। जब वे सारा दिन काम कर सकती है तो मैं क्यों नहीं कर सकती।

-इस पर उसकी मम्मी ने उसे डांटते हुए कहा कि तुम्हारी उम्र पढ़ाई करने की है, न कि घर के कामों में स्वयं को झोंकने की।

मम्मी की बातें सुनने के पश्चात् आस्था यह सोचने पर विवश हो गई कि इनके मम्मी-पापा ने इन्हें स्कूल क्यों न भेजकर हमारे यहां काम करने को भेज दिया। कितने लापरवाह व स्वार्थी होंगे इनके परिवारजन, जिन्हें अपने बच्चों से लेशमात्र भी प्यार नहीं।

यह प्रश्न कई दिन तक आस्था के मनोमस्तिष्क को उद्वेलित करता रहा। वह बार-बार अपनी मम्मी से वही प्रश्न दोहराती रही।

परन्तु उसकी मम्मी आस्था के प्रश्नों के सम्मुख स्वयं को विवश व असहाय अनुभव कर रही थी।

यही ज़िन्दगी है

रात को ढाबे पर कार के रुकते देख मालिक की बांछें खिल उठीं। उसने तुरन्त छोटू को आवाज़ दी तथा ग्राहकों के लिए चाय बनाने को कहा।

छोटू आंखें मसलता हुआ उठा और चाय बनाकर ले आया। वह कोने में धड़ाम से दीवार का सहारा लेकर बैठ गया। ग्राहक ने उसे अपने पास आने का

संकेत दिया।

-छोटू! तुम देखने में तो बड़े सलीके वाले लगते हो। सच-सच बताओ, तुमने घर क्यों छोड़ा.. क्या माता-पिता से तुम्हारा झगड़ा हो गया था ?

-साहब! क्या करोगे यह जानकर.. आप जैसे बहुत से लोग आते हैं, उससे प्रश्न करते हैं, मन में आस जगाते हैं। वे उससे अपने साथ चलने का अनुरोध भी करते हैं तथा लौटने पर उसे साथ ले जाने की बात कहते हैं। परन्तु वे मुड़ कर कभी इधर नहीं झांकते।

-साहब! मैंने निश्चय किया है कि अब मैं किसी से अपनी रामकहानी नहीं कहूंगा। इंसान के भाग्य में जो लिखा है, वह उसे अवश्य मिलता है। सो! मैं भी अपनी पूर्व-जन्मों के फल भोग रहा हूं। मैं खुश हूं इसी हाल में.. दिन भर जी तोड़ मेहनत कर जब मैं सोता हूं तो सुबह मालिक की कर्कश ध्वनि से ही आंख खुलती है। दिनभर मालिक की डांट-फटकार, ग्राहकों की मटरगश्ती मुझे यह सोचने पर विवश कर देती है कि यही ज़िन्दगी है।

छोटू बातें करता हुआ वहीं फर्श पर लुढ़क गया और मैं सोचता रहा कि छोटू ने न जाने कितने थपेड़े सहन किए हैं जो इसकी बातों से बचपन में ही दार्शनिकता के भाव झलकते हैं।

सदमा

चाहत ने अपने अहंवादी पिता को उसकी औक़ात का अहसास दिलाने के लिए पढ़ाई के दौरान एक मंदिर में जाकर विवाह कर लिया, जिसका पता उसके परिवारजनों को एक लम्बे समय के बाद लगा।

चाहत के पिता ने आजीवन सबके साथ हिटलर जैसा व्यवहार किया परन्तु चाहत के इस कर्म ने उसके पिता को तोड़कर रख दिया। एक पिता को कन्यादान करने के हक़ से वंचित रहने से बड़ा सदमा और क्या हो सकता है ?

आग़ाज़

अपने बेटे के मन में परिवारजनों के प्रति ज़हर भरना, जायदाद के लोभ में उससे ग़लत काम करवाना तथा सबके यहां फोन पर संदेश दिलवाना, रिकार्डिंग करना... अविश्वसनीय सा प्रतीत होता है। परन्तु यह हक़ीक़त है, इक्कीसवीं सदी की, जहां रिश्ते तार-तार हो चुके हैं।

-मैंने अपने बेटे को सब कुछ बतला रखा है। वह मेरा वारिस है। मैं चाहता हूं कि वह सबकी रग-रग से वाकिफ़ हो और भविष्य में कभी धोखा न खाए।

-तुम जो कुछ कर रहे हो, वह गलत है। कैसे संस्कार दे रहे हो तुम उसे ? हमने तो आज तक अपने बच्चों को इन ऊल-ज़लूल बातों से दूर रखा है। बात चाहे इस परिवार की हो या उस परिवार की.. आज भी उनके मन में सबके प्रति श्रद्धाभाव निहित है।

-यह तुम्हारी सोच है, मेरी नहीं।

-तुम अपने घर के मालिक हो, उसकी जैसी परवरिश करना चाहो, कर सकते हो। परन्तु एक दिन तुम्हें इसके लिए पछताना पड़ेगा।

-मुझे भाषण सुनने की आदत नहीं है। मैंने जो चाहा है, वह किया है। मैं सारी जायदाद भी हासिल करके रहूंगा। सो, अब कोर्ट में ही मुलाकात होगी।

-ठीक है, हम लोगों को भी उस दिन की प्रतीक्षा रहेगी। हम सब भी यह देखना चाहते हैं कि तुम में कितना दमख़म है। आग़ाज़ तुमने किया है, हम अंजान भुगतने को तैयार हैं। हम सब अपना हिस्सा तुमसे लेकर किसी ट्रस्ट को दान कर देंगे, परन्तु तुम्हें किसी कीमत पर जायदाद को नहीं हथियाने देंगे।

बेनूर ज़िन्दगी

एक लड़की विवाह के अवसर पर अरमानों की डोली सजाकर अपने पति के घर में कदम रखती है, परन्तु वह कहां जानती है कि उसका भविष्य क्या होगा ? उसे पलकों पर बिठाया जायेगा या प्रताड़ित किया जायेगा।

शैली एक ज़िन्दादिली लड़की थी, हरपल हंसती-गाती, मस्ती से इठलाती चलती थी। उसे बहुत शौक था सजने-संवरने का, परन्तु उसके स्वप्न धराशायी हो गए थे।

-तुम इतनी लीपापोती कर यह सिद्ध करना चाहती हो कि तुम बहुत सुन्दर हो। मुझे तो सीधी-सादी पत्नी पसन्द है।

-शैली चल पड़ी अपना मेकअप उतारने और अपना शादी का जोड़ा बदलने। अनेक प्रश्न बिच्छु की भांति उसे डंक मार रहे थे कि क्या अब उसे आजीवन इतनी सादगी से जीवन जीना पड़ेगा। वह पति के साथ कभी हंस-बोल भी पाएगी या नहीं...क्योंकि उसके पति को पत्नी का चहकना तथा बोलना पसंद नहीं था। उसका पति हर पल उसे व्यंग्य बाणों से आहत करता रहता था और उस मासूम को ढलना था उस द्वारा निर्मित सांचे में... कठपुतली की भांति नाच नाचना था।

अचानक एक दुर्घटना में उसके पति का देहांत हो गया और वह विवश हो गई बेरंग ज़िन्दगी जीने के लिए...जिसे उसके पति ने पहले ही बेनूर कर दिया था। यही नियति है औरत की।

मर्यादा

रेवती ने चंद दिनों में ही स्वयं को बदल लिया। वह अपने पति समीर के साथ क्लबों में जाने लगी और महफ़िलों की शोभा बन गई। चारों ओर रेवती के चर्चे आम हो गए और समीर लाख प्रयासों के पश्चात् भी उसे घर-परिवार में लौटा नहीं पाया।

-तुम्हें लौटना होगा....घर-परिवार, समाज के कायदे-कानूनों व मर्यादा का पालन करना होगा।

-समीर किस मर्यादा की बात कर रहे हो तुम? क्या तुमने किसी परंपरा का वहन किया है, जिसकी अपेक्षा तुम मुझसे करते हो? यदि तुमने मुझ पर अंकुश लगाने की चेष्टा की तो इसका ख़ामियाज़ा तुम्हारे माता-पिता को भुगतना पड़ेगा। मैं उन्हें जेल भिजवा दूंगी और तुम कुछ भी नहीं कर पाओगे।

-रेवती क्या उन्होंने कभी तुम्हारी ज़िन्दगी में हस्तक्षेप किया है ? तुम्हें कभी कुछ कहा है, फिर तुम उनसे क्यों बदला लेना चाहती हो ?

-हां...हां...! मेरी ज़िन्दगी को नरक बनाने वाले वे हैं जिन्होंने तुम्हें अच्छे संस्कार नहीं दिए। सब कुछ जानते हुए उन्होंने मुझे बलिवेदी पर चढ़ा दिया.... मेरे सपनों को राख बना कर रख दिया। मैंने अपने सीने पर पत्थर रखकर, स्वयं को तुम्हारी आकांक्षाओं के अनुकूल ढालने का हर संभव प्रयत्न किया। परन्तु आज मेरे बढ़ते कदमों को कोई नहीं रोक सकता.... मुझे अब किसी की परवाह नहीं।

आदी

तुम वृद्धाश्रम जाने की तैयारी कर लो। हमारा तबादला तो शहर में हो गया है, अब तुम इतने बड़े घर में अकेले कैसे रहोगे ?

-ठीक है बहू...मैं भोर होने से पहले ही घर छोड़ दूंगा। वह अपनी पत्नी सुमन को याद करके अतीत की स्मृतियों में खो गया।

-यदि मैंने तुम्हारी बात मानी होती तो मुझे आज यह दिन न देखने पड़ते। मैंने पुत्रमोह में अपना सर्वस्व अपने बेटे के नाम कर दिया कि चलो...मेरी पेंशन तो आती है, मुझे किसी चीज़ की क्या कमी रहेगी। अच्छे से गुज़ारा हो जाएगा। परन्तु उस समय मैं भूल गया था कि यह इक्कीसवीं सदी के बच्चे केवल लेना जानते हैं... स्वार्थ सिद्धि में इन्हें महारथ हासिल है। दूसरों की भावनाओं से खिलवाड़ करने में ये माहिर हैं।

-आज मेरा इस घर में, जो हमारे पूर्वजों की धरोहर है, आखिरी दिन है। कल से मुझे नए लोगों व नए माहौल में स्वयं को ढालना होगा। वैसे भी अब तो मैं आदी हो गया हूं अपमान सहने का, हुक्म बजा लाने का।

लहू का रंग

'क्यों मार रही हो भागवान! इस मासूम को... क्या बिगाड़ा है इसने तेरा?'

रामकली उसे धड़ाधड़ पीटे जा रही थी। सुखिया मूर्छित होकर गिर गया था। उसे असहनीय पीड़ा हो रही थी। वह अपने बेटे को बचाने के लिए आया।

-तुम बीच में मत बोलो....यह नीच जाति के बच्चों के साथ खेलता है। खाता-पीता, उठता-बैठता है। यह तो हमारा धर्म ही भ्रष्ट करके रहेगा।

-परन्तु रामकली...हम सब तो मज़दूरी करके अपना पेट पालते हैं, फिर यह ऊंच-नीच, धर्म व जात-बिरादरी कहां से आ गई। हम सबको मिल-जुलकर रहना चाहिए अन्यथा मालिक लोग हम पर निशाना साधेंगे।

एक-एक कर हमें बलि का बकरा बनायेंगे, वैसे भी ज़रा ध्यान से देख...सबके लहू का रंग तो लाल है। पिता को अपना पक्ष लेते देख बच्चे का दर्द काफ़ूर हो गया और वह पुनः अपने दोस्तों के साथ खेलने चला गया।

सामाजिक सरोकार

महानगरों में लोग इस क़दर आत्मकेन्द्रित हो गए हैं कि न तो उन्हें आस-पड़ोस की ख़बर होती है, न ही दूसरे उन के बारे में कुछ जानते हैं। पति-पत्नी सुबह नौकरी के लिए निकलते हैं और देर रात घर लौटते हैं। बच्चे आया के पास रहते हैं जिसे वह सुबह ऑफिस जाते हुए घर में बंद कर जाते हैं।

अचानक शर्मा जी का पता पूछता हुआ एक अजनबी वहां आया, परन्तु उसके हाथ निराशा ही लगी। वह हैरान हो गया यह देखकर कि कैसी है महानगरों की संस्कृति, जहां सामाजिक सरोकार समाप्त हो चुके हैं। हर इंसान यहां खुद से अजनबी है। अपने शहर जाकर उसने अपने बच्चों को बतलाया कि तुम कभी भी महानगर में जाकर न बसना, कहीं वहां की अपसंस्कृति तथा आबोहवा तुम्हारे भीतर भी शून्यता न भर दे। उसके परिवारजनों ने महानगर में बसने का इरादा बदल लिया।

पुरुष सोच

'महिलाएं कभी चुप नहीं रह सकती' यह तथ्य आजकल बदल गया है क्योंकि यह मोर्चा आजकल उन पुरुषों ने संभाल लिया है जो सीनियर सिटीज़न हैं। वे अपने सेहत के बारे में सदैव चिंतित रहते हैं। सुबह शाम पार्क में घूमते हुए अपने परिवार के बारे में ढेरों विचार आदान-प्रदान करते हैं तथा फिर दूसरों की सोच व मंतव्य को बच्चों के साथ सांझा करते हैं।

अक्सर पति-पत्नी अपने बच्चों से अलग रहते हैं किराये के मकान में...।

'क्या तुम्हें उनका यह निर्णय उचित प्रतीत होता है ?' पत्नी के प्रश्न करने पर उसके पति ने उत्तर दिया।

'अक्सर बच्चे अपने काम में व्यस्त रहते हैं। इसलिए उन्होंने अलग रहने का निर्णय लिया है। वैसे भी एक छत के नीचे अजनबी सम रहने का औचित्य ही क्या है।' पति का उत्तर सुन पत्नी खीझ-सी गई।

'बुज़ुर्गों को अपने दायित्व का निर्वाह करना चाहिए। आज के आपाधापी भरे युग में किसी इंसान के पास समय नहीं है। फिर बच्चों को तो अपने भविष्य का निर्माण करना है।' ऐसी सोच के लिए दोषी वे माता-पिता हैं जो अपने अहं के कारण उनकी मन:स्थितियों का आकलन न करके गलत निर्णय ले लेते है। काश! उन्होंने अपने अतीत को न भुलाया होता।

पासा पलट गया

अपने बॉस के साथ टूर पर आई चेतना दिन भर बहुत खुश रही। उनकी कंपनी को नया प्रोजेक्ट मिलने पर वह फूली नहीं समा रही थी। देर शाम वह अपने होटल के कमरे में लौट आई और खाना खाकर लेट गई।

इसी बीच अपने बॉस का एस.एम.एस. देख वह चौंक गई।

-कितना बेहूदा इंसान है यह...पिता की उम्र के व्यक्ति से ऐसी उम्मीद

तो नहीं की जा सकती। अगले पल ही उसने दूसरा मैसेज भेजा कि वह उसके कमरे में आ रहा है। कालबेल बजी। बॉस को देखते ही वह असहज हो गई और उसने बॉस को नसीहत देने की मन ही मन योजना बनाई।

–सर! आपको यदि कोई काम था तो मुझे बुला लिया होता। आपका यहां आना हम दोनों पर भारी पड़ सकता है।

–तुम चिंता मत करो। यहां सब मेरे परिचित हैं।

–इसी बीच वेटर चाय ले आया। चेतना ने बॉस को कुर्सी पर बैठकर चाय पीने का कहा, परन्तु वह बिस्तर से उठने को तैयार ही नहीं थी।

–चेतना ने उसके गाल पर चांटा जड़ दिया तथा उसे वहां से तुरंत निकल जाने को कहा। वह उसके साहस को देख हैरान रह गया।

अपराजेय

वह वृद्ध रिक्शा वाला भोर होने पर पहले चौराहे पर खड़ा हुआ मिलता था ताकि उसे कोई सवारी मिल जाए।

–बाबा! आज तुम समय से पहले ही यहां आ गए। तुम्हारी तबीयत भी खराब-सी दिखलाई पड़ती है।

–नहीं-नहीं, ऐसा कुछ विशेष नहीं है। रात को बुखार था, नींद नहीं आ रही थी... सो चला आया।

–बाबा! तुम्हें बच्चों ने रोका नहीं।

–बच्चे...किसके बच्चे, वे तो पक्षियों की भांति पंख फैलाए बरसों पहले जाने कहां उड़ गए। अब तो मेरा एक नाती है, जिसके माता-पिता का दुर्घटना में देहान्त हो गया... वह अब मेरे साथ ही रहता है। वह अभी दस साल का है। वह अनेक बार मुझसे गुहार लगा चुका है कि तुम अब आराम करो और मुझे रिक्शा चलाना सिखला दो। परन्तु मैं उस बच्चे को नरक में कैसे झोंक सकता हूं।

–बाबा, क्या तुमने अपने बेटे को इस हादसे से अवगत कराया था?

–नाम मत लो उसका...मर चुके हैं, वे सब उसके लिए। अब वह केवल

अपने परिवार को पहचानता है। सारी जायदाद हथिया लेने के पश्चात् उसने कभी भी मेरी सुध नहीं ली। बेटा! मैं अपने कर्त्तव्य को समझता हूं तथा आज भी मुझमें अदम्य साहस है। मैं अपराजेय हूं। भरसक प्रयास करने के पश्चात् मैं स्वयं को संबंधों की कारा से मुक्त कर पाया हूं।

दुनिया स्वर्ग होती

बच्चे पलभर में लड़ते-झगड़ते हैं और फिर एक हो जाते हैं। विचित्र सी है इनकी दुनिया।

-तुमने मेरे बेटे राजन को मारा... तुम्हें इसका अंजाम तो भुगतना ही पड़ेगा।

-वह बार-बार पिता को यह समझाने की चेष्टा करता रहा कि अजय ने मुझे जान बूझकर नहीं मारा। पापा उसे मत डांटो। वह मेरा दोस्त है।

-तुम एक नौकर के बेटे को अपना दोस्त कहते हो। आज से तुम इन बच्चों के साथ नहीं खेलोगे। पिता अपने बेटे राजन की बांह पकड़कर उसे घर के भीतर ले गए।

-सारा दिन घर में रहती हो...राजन का ख्याल भी नहीं रख सकती। क्या सीखेगा यह इन ज़ाहिल, गंवार बच्चों के साथ रहकर...जानती हो यह अजय का कितना पक्ष ले रहा था।

-परन्तु पापा! मैं सच कह रहा हूं। आप मुझ पर यह बंधन मत लगाओ... मैं उसके बिना नहीं रह सकता। वह रोते-रोते पापा के कदमों से लिपट गया। राजन के आंसुओं ने उसके पिता को यह सोचने पर विवश कर दिया कि 'यदि बड़ों के हृदय में एक-दूसरे के प्रति ईर्ष्या-द्वेष व ऊंच=नीच का भाव न होता तो यह दुनिया वास्तव में स्वर्ग होती।'

नतमस्तक

मां... जन्मदात्री मां, अपने बच्चों के अहित के बारे में कभी सोच ही नहीं सकती, भले ही उसकी औलाद उसके साथ कितना ही अभद्र व अमानुषी व्यवहार क्यों न करे। वह अपने बच्चों को स्वयं तो डांट सकती है परन्तु दूसरे को उसकी ओर कभी भी आंख उठाकर नहीं देखने देती।

-तुम्हारा बेटा बीच बाज़ार नशे में धुत्त पड़ा है। उसने तो अपने वंश का नाम ही मिट्टी में मिला दिया है। सब लोग उस पर थू-थू कर रहे हैं।

-मां ने तुरंत पड़ोसी को डांटते हुए कहा- 'बच्चा है... इस उम्र में इंसान गलती कर ही लेता है। दोस्तों के साथ दो घूंट पी ली होगी। तुम्हें उसकी चिंता करने की आवश्यकता नहीं है। मैं अभी जिंदा हूं... उसके हित-अहित के बारे में सोच सकती हूं।'

-वह रिक्शा में अपने बेटे को घर लिवा लाई और उसे बिस्तर पर लिटा दिया।

-मैं कहां हूं...मुझे यहां कौन लाया है ? मैं तो अपने दोस्तों के साथ था।

-बेटा! तुम अपने घर में हो। मैं तुम्हें बीच सड़क से उठाकर लाई हूं।

-मां! तुम धन्य हो। तुमने मुझे तनिक भी बुरा-भला नहीं कहा। मैं आज तुम्हारी ममता के सामने नत मस्तक हो गया हूं और तुमसे वादा करता हूं कि मैं कभी शराब को हाथ नहीं लगाऊंगा तथा ज़िन्दगी में कभी कोई ऐसा काम नहीं करूंगा, जिससे तुम्हारी नज़रें दूसरों के सामने झुक जाएं। वह बार-बार क्षमा याचना कर रहा था और अपने अश्रुओं के जल से मां के चरण कमलों का प्रक्षालन कर रहा था।

पागलखाना

पागलखाने में बंद हर पागल यही गुहार लगा रहा था कि 'वह पागल नहीं है उसे तो व्यर्थ ही यहां बंद करके रखा गया है।'

सबकी नज़रें पागलखाने के बंद दरवाज़े की ओर लगी रहती थीं कि कहीं वार्डन तो नहीं आ रही। उसके आते ही महिला वार्ड में खलबली मच जाती

थी। वह ज़बरदस्ती उन पर सितम ढाती थी। महिलाओं को मारना-पीटना उसकी हॉबी थी। वह उनके सगे-संबंधियों से खूब पैसा ऐंठती थी तथा उन्हें ब्लेकमेल भी करती थी।

-यदि तुमने हर माह मुझे निश्चित समय पर पैसे नहीं भेजे तो मैं तुम्हारी मां को तुम्हारे घर भिजवा दूंगी.. इसके अंजाम के लिए दोषी तुम स्वयं होंगे।

-नहीं-नहीं मैडम! ऐसा ज़ुल्म मत करना। मैं ज़िन्दगी भर तुम्हें शुक्राना भेजता रहूंगा। यह सुनते ही उसकी मां के पांव तले से ज़मीन खिसक गई और वह उस पागलखाने को अपना घर मानकर रहने लगी।

भविष्य

अपनी पुत्रवधु के व्यवहार से तंग आकर उसने वह घर त्यागने का निर्णय कर लिया और एक मंदिर में पनाह ले ली जहां वह दिन भर सेवा कार्यों में स्वयं को व्यस्त रखती थी।

एक दिन अपने बेटे और उसके परिवार को मंदिर के अहाते में देख वह हैरान रह गई। उसकी नास्तिक बहु आज मंदिर में आई है। वह उन्हें देखते ही भगवान की प्रतिमा के पीछे छिप गई।

-उसका पोता अपनी दादी को देखकर आश्चर्यचकित रह गया और उसके कदमों से लिपट गया।

-दादी, आज मैं तुम्हें अपने घर लेकर ही जाऊंगा। मुझे तो मालूम ही नहीं था कि तुम इसी शहर में रहती हो। मम्मी-पापा तो बरसों से झूठ बोलते रहे कि तुम इस दुनिया में नहीं हो।

यह सुनते ही उसके प्राण-पखेरू उड़ गए और उन्होंने सीधे श्मशान घाट ले जाकर उसका क्रियाकर्म कर दिया।

'मैं भी बड़ा होकर तुम्हारे साथ ऐसा ही करूंगा।' इतना सुनते वे अपने भविष्य के बारे में सोचने लगे।

आशंका

रमेश को शहर में बड़ा सरकारी आवास मिलते ही वह अपने गांव पहुंचा, जहां उसकी मां अकेले अपना जीवन बसर कर रही थी। उसने जाते ही मां से अपने साथ चलने की तैयारी करने की हिदायत दे दी कि अब वह उसकी कोई बात नहीं मानेगा। वह उसे अपने साथ शहर लेकर ही जायेगा।

वह अपने आस-पड़ोस की स्त्रियों की बातों को भुलाकर बेटे के साथ जाने को तैयार हो गई। उसके मन में अब किसी प्रकार की शंका नहीं थी।

-रमेश मां को घर छोड़ अपने ऑफिस चला गया। उसने नौकर को मां का सामान भीतर रखवाने और उसकी अच्छी तरह से आवभगत करने की बात कही।

इतने बड़े घर को देख उसकी आंखें खुली रह गई। वह नौकरों के क्वाटरों को देखकर दंग रह गई।

-मां डरते-डरते पलंग से कमर टिका कर बैठ गई और अपने बेटे-बहू की प्रतीक्षा करने लगी। वह मन ही मन भयभीत थी कि कहीं उसे वहां बैठे देखकर, उसे पुत्रवधु की प्रताड़ना ही न सहन करनी पड़े। उसने बेटे से कहा कि वह उसका सामान उसके कमरे में रखवा दे... वह तो सुस्ताने के लिए वहां बैठ गई थी।

रमेश ने उसके चरण-स्पर्श किए तथा मां से गुहार लगाई।

'मां! यह तुम्हारा ही कमरा है।' यह सुनकर उसे अपने कानों पर विश्वास ही नहीं हुआ और उसके मन की आशंका सदैव के लिए रफूचक्कर हो गई। उसका शेष जीवन अपने बेटे व उसके परिवार की मंगल कामना करते हुए प्रसन्नता से गुज़र गया।

अहमियत

वह आज अपने परिवार के साथ भाई के घर मां से मिलने गई थी। वहां

जाकर उसे बहुत अटपटा लगा कि वह स्वयं ट्रे में पानी के गिलास रखकर लाया। परन्तु उन्होंने उससे प्यास न होने की बात कही। भाई ने उनसे बैठने को कहा और अपनी पत्नी को बाहर आने को कहा, परन्तु वह नहीं आई। उसकी मां उन्हें बाहर गेट तक उसे छोड़ने आई और वह सपरिवार भारी मन से लौट गई, यह सोचते हुए कि 'कितना सफेद हो गया है उनका खून कि अब रिश्तों की कोई अहमियत ही नहीं रही। सुना था, मां के न रहने पर बेटियों का मायका समाप्त हो जाता है, परन्तु यहां तो उसके जीते जी ही सब कुछ बिखर गया है।' सो! उन्होंने भविष्य में कभी भी भाई के घर में कदम न रखने की सौगन्ध ले ली और सारा रास्ता मौन बैठे एक-दूसरे के चेहरे पर आते-जाते भावों को देखते रहे।

हिटलरशाही

'रोहन की बेटी ने विजातीय लड़के से विवाह कर लिया।' यह खबर जंगल की आग की तरह फैल गई और रोहन यह जानने के पश्चात् अपना आपा खो बैठा। उसने अपनी बेटी और दामाद को घर बुलाया और उन्हें अलग हो जाने की सीख दी। दोनों के इन्कार करने पर रोहन ने आवेश में उनकी हत्या कर दी ताकि समाज में उसकी प्रतिष्ठा कायम रह सके। उस समय वह भूल गया कि इसका अंजाम क्या होगा? वैसे भी जब एक इंसान किसी को जीवन दे नहीं सकता तो उसे उसके प्राण लेने का अधिकार भी नहीं है।

उसके इस अमानवीय कुकृत्य से दो घरों में मातम छा गया, परन्तु उसके चेहरे पर कोई शिकन दिखाई नहीं पड़ती थी। 'ये हिटलरशाही के संस्कार उसे अपने पिता से प्राप्त हुए थे, जिन्हें उसने वर्षों बाद भी धरोहर सम संजोकर रखा हुआ था। काश! उसने समय के साथ स्वयं को बदल लिया होता तो उसे अपनी शेष ज़िन्दगी जेल में न गुज़ारनी पड़ती।'

बेदखल

तीस वर्ष एक छत के नीचे गुज़ारने के पश्चात् भी वे एकदूसरे के

पूरक नहीं बन पाए और जीवन के अंतिम पड़ाव में मीना के अहंवादी पति ने उसे मेंटल करार कर घर से बेदखल कर दिया।

मीना कुछ समय अपने बच्चों के साथ रही, परन्तु पति द्वारा तिरस्कृत औरत को कहां सम्मान मिलता है? सो! पुत्रवधु के अप्रत्याशित, क्रूर व्यवहार के कारण वह चुपचाप अपने भाई के घर लौट आई, जहां उसे आश्रय मिला। परन्तु जब उसके पति ने उन्हें भी परेशान करना प्रारम्भ कर दिया तो वह बौखला गई और अपना आपा खो बैठी। एक घायल शेरनी की भांति उसने अपने पति की शिकायत उसके अफसरों तक पहुंचा दी। परन्तु राजनैतिक संबंधों के रहते उसका बाल भी बांका नहीं हुआ, जिससे उसे बहुत मानसिक आघात पहुंचा। मीना पहले तो स्वस्थ थी परन्तु अब वह मानसिक रूप से अस्वस्थ हो गई और असामान्य व्यवहार करने लगी।

तेवर

अस्पताल मे मनोरोग विभाग की सब महिलाएं विचित्र-सी हरकतें कर रही थी और बार-बार दुलारी से प्रश्न कर रही थी कि उसे यहां पहुंचाने वाला कौन है? वह वहां स्वयं को असामान्य अनुभव कर रही थी तथा वार्डन से मुक्ति पाने की गुहार लगा रही थी।

परन्तु वार्डन के क्रूर, कठोर, अमानुषी व्यवहार को देख दुलारी ने सहज होने की चेष्टा की, परन्तु उसके नेत्र गंगा-यमुना की भांति प्रवाहित हो रहे थे तथा आंसू थमने का नाम ही नहीं ले रहे थे। दुलारी को बार-बार ख्याल आ रहा था अपने बच्चों का जिन्होंने उसे यहां तक पहुंचा कर ही चैन की सांस ली। वह विचार तन्द्रा में लीन अपने भाग्य को कोस रही थी तथा अपने नाती-पोते को याद कर बिलख रही थी क्योंकि वे उससे बहुत प्यार करते थे। परन्तु उसके बेटे ने तो बहू के आते ही गिरगिट की तरह रंग बदल लिया था और उसे घर से फालतू सामान की भांति निकाल बाहर फेंक दिया था। न चाहते हुए भी उसे अपनी बेटी के घर में आश्रय लेना पड़ा था क्योंकि वह अपने हाथों ही लुट चुकी थी।

उसका दामाद जो सदा उसे अपने साथ रहने की गुहार लगाता था, अब

वह बदल चुका था। वह किसी न किसी बात पर अपने पत्नी से उलझता रहता था। सो! उसने एक दिन डाक्टर से मिलकर उसे मनोरोगी करार करवा अस्पताल के जनरल वार्ड में दाखिल करा दिया। बेटी को न चाहते हुए भी पति का साथ देना पड़ा और वह अपनी मां को आश्वस्त कर लौट गई कि 15-20दिन में वह ठीक हो जाएगी और वे उसे घर ले जाएंगे।

'परन्तु जब गांठ में पैसा नहीं रहता तो अपनों के भी तेवर बदल जाते हैं फिर वह तो दामाद ठहरा।'

संगति

पति के निधन के पश्चात् सुशीला को बच्चों की परवरिश हेतु मेहनत-मज़दूरी करनी पड़ी। उसने दूसरों के घर की जूठन मांजने व झाड़ूपोंचा करने का कार्य किया, परन्तु उसने कभी हिम्मत नहीं हारी।

उसने अपनी बेटी को दसवीं तक पढ़ाया। अक्सर लोग सुशीला को अपनी बेटी को साथ लाने को कहते, परन्तु वह अपने बच्चों को पिता का अभाव नहीं खलने देना चाहती थी।

सुशीला ने अपनी बेटी का विवाह सोलह वर्ष की आयु में कर दिया और निश्चिंत हो गई। परन्तु उसका बेटा गलत संगति में पड़ने के कारण नशा करके सारा दिन घर में पड़ा रहता था। उसने इस लत के कारण घर का सामान भी बेचना प्रारम्भ कर दिया। सुशीला ने एक दिन फूट-फूट कर रोते हुए यह तथ्य उजागर किया, जिसे सुनकर उसकी मालकिन अवाक् रह गई और सोचने लगी। 'जब बाढ़ ही खेत को खाने लगे तो उसे कौन बचा सकता है।' उसने सुशीला को अपने बेटे को घर से बाहर निकालने की सलाह दी। इंसान को जब दो वक्त की रोटी कमाने के लिए ज़लालत सहन करनी पड़ती है तो उसे घर और अपनों का महत्व पता लग जाता है।

बीमार सोच

बेटी के जन्म के पश्चात् उसके पति व सास के तेवर बदल गए। अस्पताल से लौटते ही उसने अपनी बहू को खाना बनाने का फरमॉन सुना दिया जिसे सुनकर वह सकते में आ गई।

'माजी! अभी दो दिन पहले ही उसने इतनी प्रसव पीड़ा सहन की है और आप मुझे किचन में काम करने को कह रही है। कम से कम एक सप्ताह तो मुझे आराम करने दिया होता।'

'बेटी पैदा की है तुमने हमारी वंशबेल बढ़ाने वाले पोते को जन्म नहीं दिया जो मैं तुम्हारे इतने चोंचले सहन करूंगी। तुम्हें पलंग से नीचे पांव नहीं रखने दूंगी।' सास की कर्कश ध्वनि सुन वह चौंक गई और अपने पति की ओर कातर निगाहों से देखने लगी।

- आप ही समझाइए मां को बेटे और बेटी में आजकल अंतर कहां रह गया है और जन्मदात्री को तो दोनों के जन्म के समय भी उतनी ही पीड़ा झेलनी पड़ती है, उतना ही शारीरिक कष्ट होता है।' परन्तु यह बीमार सोच जाने कब बदलेगी ?

दोज़ख

-संजीव ने अपनी पत्नी की हत्या कर दी।

-अभी चंद दिन पहले ही तो उसका विवाह हुआ था, ऐसा कैसे हो सकता है ? शायद! तुम्हें कोई गलतफ़हमी हुई है।

-नहीं-नहीं, मैं अभी उनके घर होकर आया हूं। वहां पुलिस सबसे पूछताछ कर रही थी।

-कुछ पता लगा कि आखिर माजरा क्या था ?

-साहब! संजीव अपनी पत्नी पर शक़ करता था। इसलिए उसने यह घटिया हरक़त की।

–कैसा जमाना आ गया है, शक़ की बिनाह पर लोग जान लेने में भी संकोच नहीं करते।

–वह उससे तलाक़ ले सकता था। वह इस मसले को दोनों परिवारों के साथ बैठकर सुलझा सकता था। आजकल तो इंसान की सहनशक्ति समाप्त हो गई है। वह पलभर में सबकुछ तहस–नहस कर डालता है। काश! उसने अपनी पत्नी के माता–पिता को ताउम्र दोज़ख में जलने की असहनीय पीड़ा न दी होती।

निक़ाह क़ुबूल

गज़ब हो गया कल फिदा ने निक़ाह कबूल न करके सबको सकते में डाल दिया और सब लोग एक दूसरे का मुंह ताकते रह गए।

सब लोग इसका कारण जानने को उत्सुक थे। तरह–तरह की अफ़वाहें जन्म ले रहीं थी। कोई उसके परपुरुष के सम्बन्ध होने पर चुटकी ले रहा था तो कोई लड़के और उसके माता–पिता के लालची होने का दम भर रहा था। कोई फिदा के परिवार पर लांछन लगा रहा था और उसके अनाथ होने की बात उछाल रहा था।

अचानक फिदा ने मंडप में आकर बतला दिया कि वह अपने माता–पिता को लुटते हुए नहीं देख सकती कि वह लड़के वालों की बढ़ती मांगों को देखकर भी शांत रहे। भले ही उसके माता–पिता उन्हें सहर्ष पूरा करने को तत्पर हैं। वह अपने पांवों पर खड़ी है, नौकरी करती है, उसका भी समाज में रुतबा है, सम्मान है। सो! वह उन्हें अपने ससुराल वालों के सम्मुख गिड़गिड़ाते हुए कैसे देख सकती है। इसलिए उसने निक़ाह क़ुबूल नहीं किया। यदि आप इसे अपराध मानते हैं तो वह सज़ा भुगतने को तत्पर है।

कयास

रामलाल कई वर्ष तक कम्पनी में बड़े बाबू के पद पर आसीन रहा तथा तन्मयता से अपना कार्य करता रहा। वह सुबह से देर रात तक कार्य में तल्लीन रहता था। उसने अपने मालिक को क्रोधित होने का एक भी अवसन प्रदान नहीं किया।

'तुम्हें कम्पनी से तीन महीने का वेतन देकर सेवानिवृत्त किया जा रहा है।' यह सुनकर उसके मुंह से एक भी शब्द नहीं निकला। वह पत्थर होकर रह गया। उसके सहयोगियों ने रामलाल को होश में लाने का प्रयत्न किया।

'साहब! क्या मुझसे कोई गुस्ताखी हो गई है या आप मेरे कार्य से संतुष्ट नहीं है? आप ही बताइए, इस उम्र में मुझे कौन काम देगा, मेरे बच्चों का क्या होगा? अभी तो उनकी पढ़ाई भी पूरी नहीं हुई, विवाह की बात तो अलग है, आप अपना निर्णय वापिस ले लीजिए- वरना खुदकुशी करने के अतिरिक्त मेरे पास कोई विकल्प नहीं रहेगा।'

रामलाल की व्यथा कथा सुन कर साहब को अपना अतीत स्मरण हो आया। उसके सामने भी दस वर्ष पूर्व ऐसी ही विकट स्थिति आई थी- कितनी मानसिक यंत्रणा सहनी पड़ी थी उसे उन दिनों, यहां तक कि उसकी पत्नी भी बच्चों को रोता-बिलखता छोड़ चली गई थी, जो आजतक लौट कर नहीं आई।

- नहीं-नहीं वह रामलाल के साथ यह अनर्थ नहीं होने देगा चाहे इसके लिए उसे इस्तीफा ही क्यों न देना पड़े? वह उसका घर उजड़ने नहीं देगा उसे बरबाद नहीं होने देगा।

रामलाल की समझ में कुछ नहीं आ रहा था। अब वह साहब को सामान्य स्थिति में लाने को प्रयास कर रहा था। कम्पनी के अन्य लोग रामलाल के भविष्य के बारे में कयास लगा रहे थे।

टूटने के कग़ार पर

बड़ी-बड़ी आलीशान कोठियों में रहने वालों के दिल कितने छोटे होते

हैं... वे अपने-अपने द्वीपों में कैद रहते हैं। अपने कमरों से निकलकर मिल बैठने का उन्हें समय ही नहीं मिलता। बड़े बुज़ुर्ग व बच्चे सब एक-दूसरे की बाट जोहते हैं कि कब यह महीना समाप्त होगा और पहली तारीख को सब मिलकर बैठेंगे। एक-दूसरे के विचारों से, भविष्य की योजनाओं से अवगत हो पायेंगे।

परन्तु पहली तारीख को भी सब आवश्यक कार्य का हवाला देकर चल देते हैं और दादा-दादी नन्हें-मुन्ने बच्चों के साथ समय गुज़ारते हुए अतीत की स्मृतियों में खो जाते हैं।

- हमारा छोटा-सा दो कमरों का घर था। सब रसोई में चूल्हे के आसपास बैठकर एक दूसरे से पहले रोटी पाने के लिए हुड़दंग मचाते थे। हंसी-मज़ाक का दौर चलता था। दिनभर की सारी घटित घटनाओं से सबको अवगत कराया जाता था। आने वाले दिन के कामों की लम्बी फ़ेहरिस्त्त तैयार की जाती थी और आह्लादपूर्ण वातावरण में सब एकदूसरे से विदा ले अपने-अपने काम पर चल देते थे।

कितना अच्छा था वह समय... जब सब दिल के क़रीब रहते थे, परन्तु इन बड़े-बड़े घरों के बड़े-बड़े कमरों में रहने वालों की मानसिकता एकदम बदल गई है। सामाजिक सरोकार समाप्त हो गए हैं। रिश्ते-नाते टूटने की कग़ार पर हैं। तभी तो पड़ोस में एक वृद्धा की बंद कमरे में मृत्यु हो गई और तीसरे दिन दुर्गन्ध आने पर चुपचाप उसका संस्कार कर दिया गया जैसे वह फालतू सामान हो, जिसे किसी पल सड़क पर फेंक दिया जा सकता है। काश! वृद्धों की उपयोगिता को युवा पीढ़ी ने समझा होता और उन्हें उचित सम्मान दिया होता।

जलवा

वह देखो गुप्ता जी की बहू किस प्रकार ठहाके लगा रही है। उसकी वेशभूषा देखकर आंखें मूंद लेने को मन चाहता है। वह तो फैशन के पीछे बावरी है, तभी वह सर्दी में ऐसी पोषाक पहनकर कांप रही है।

आजकल की महिलाएं जीन्स कल्चर में पली-बढ़ी, संस्कार और मर्यादा की परिभाषा से अनजान संस्कृति का महत्व क्या समझेंगी ? इसी बीच उसकी

बेटी ने मां से कहा-

-मां! मुझे भी भाभी के साथ जाकर डांस करने की आज्ञा दीजिए देखना.... मैं उस पर भारी ही पड़ूंगी।

-परन्तु तुमने यह सब कब और कहां सीखा ?

-मां! यह सब मैं आपको बाद में बतलाऊंगी। प्लीज़! जाने दीजिए मुझे, आज मैं भी अपना जलवा दिखाना चाहती हूं।' उसकी मां समझ नहीं पा रही थी कि वह अपनी बेटी को डांस करने से कैसे रोके ? वह जानती है ऐसा करने पर यह सुनने को मिलेगा कि 'तुम बहू और बेटी में अंतर करती हो।' परन्तु यह कैसी समानता है जो आंख मूंद कर निर्णय लेने को विवश करती है।

सराहना

विवाह के आठ माह बाद सूरज दम्पत्ति के एक अपाहिज बच्चे को गोद लेने के फैसले ने सबको चौंका कर रख दिया। घर-परिवार में फुसफुसाहट होनी स्वाभाविक थी।

सूरज के मित्र साहिल ने उसे कुरेदने का प्रयास किया और वह उसके उत्तर से संतुष्ट नहीं हुआ। उसने अंकल आंटी से बात कर सूरज को समझाने को कहा, परन्तु सब निष्फल ... क्योंकि सूरज और उसकी पत्नी नेहा यह निर्णय ले चुके थे।

'हम इस बच्चे की अपनी संतान की तरह परवरिश करेंगे, उसके हर सुख दुःख का ख्याल रखेंगे। यही बच्चा हमारे घर का चिराग होगा, वृद्धावस्था में हमारी लाठी बनेगा और हमारी वंशबेल में वृद्धि करेगा। इसके साथ ही हमने यह निर्णय भी लिया है कि हम कभी भी दूसरी संतान को जन्म नहीं देंगे।'

साहिल उसकी पत्नी के विचार जानकर अचम्भित रह गया और सोचने पर विवश हो गया कि 'यदि युवा-पीढ़ी एक-एक बच्चे को अपनाकर अपना घर, अपना नाम दे, तो उन बच्चों को नाली का कीड़ा... न जाने किस का पाप है ... न जाति का पता, न धर्म का आदि तीक्ष्ण बाणों के प्रहार नही सहन करने पड़ेंगे।' उनके विचार जानने के पश्चात् साहिल सूरज दम्पत्ति के फैसले को सराह रहा था।

काश वे बदल पाते

एक बेटे का विवाह के पश्चात्, अपनी पत्नी को विदेश बुलाने का आश्वासन देकर लौट जाना और बरसों तक पत्नी व माता-पिता की सुध न लेना, मन को कचोट कर रख देता है। अनेक प्रश्न मन में कुनमुनाते है कि उसके माता-पिता नेत्र मूंदे अपने बेटे की बातों में आ कर उस मासूम का जीवन तबाह कर देते हैं, जिसे वे अपनी पुत्रवधु बनाकर घर लाते हैं। जब उनका आज्ञाकारी सपूत तीसरे दिन अपने विदेश जाने के टिकट उन्हें दिखलाता है तो भी वे मौन रहते हैं और उससे शीघ्र लौट आने की गुहार लगाते हैं।

परन्तु जब उनका संस्कारी पुत्र विदेश से नहीं लौटता तो सारा इल्ज़ाम उस मासूम के माथे मढ़ वे उसे धक्के मारकर घर से बाहर निकाल देते हैं दर-दर की ठोकरें खाने के लिए। यह सब करने में उन्हें लेशमात्र भी संकोच नहीं होता। प्रतीक्षा करते-करते उसकी आंखें पथरा जाती हैं, वह टूट जाती है और इस जहान को अलविदा कह रुख्सत हो जाती है।

आश्चर्य होता है जब बीस वर्ष पश्चात् वह दुष्कर्मी बेटा घर लौटता है तो पुत्रमोह से ग्रसित पिता उसे गले से लगा घर का मालिक बना देता है। इक्कीसवीं सदी में भी हम स्वयं को प्राचीन मान्यताओं व अंधविश्वासों से मुक्त नहीं कर पाए, यह आश्चर्यजनक है, चिंतनीय है।

बच्चों का संसार

आलोक अपने परिवार के साथ हंसी-खुशी से जीवन व्यतीत कर रहा था। आलोक और सुनन्दा की बगिया के दो फूल सबको अपनी ओर आकर्षित करते थे। उनकी बिटिया सलोनी अपने पापा की दोस्त थी और उनसे खूब मौज-मस्ती करती थी। आलोक भी उसकी हर बात मानता था।

एक दिन सलोनी ने अपने पापा से प्रश्न किया जिसे सुनकर वह चौंक गया।

'क्या मैं बचपन में मोटी थी और मैं कब और कैसे पतली हो पाऊंगी।' आलोक ने उसे समझाया कि जंक फूड न खाने से वह चंद दिनों में पतली हो

जाएगी। 'पापा अब मैं जंक फूड नहीं खाऊंगी और एक्सरसाइज जी किया करूंगी।'

'पापा! आप हमें घुमाने क्यों नहीं ले जाते। मेरी सहेली तो कल ही शिमला जा रही है। आप भी हमें ले चलिए न।'

'आपके पापा को रोज़-रोज़ छुट्टी नहीं मिलती। अभी गर्मियों में तो हम तुम्हें घुमाने को ले गए थे।'

'आप दुकान क्यों नहीं खोल लेते ? ऐसा करने पर आपको छुट्टी भी नहीं लेनी पड़ेगी.. हम लम्बे समय के लिए घूमने चला करेंगे।' सलोनी की बातें सुनकर आलोक मन ही मन उसकी मासूमियत पर हंसते हुए सोच रहा था कि 'कितने नादान होते हैं बच्चे, दुनियादारी से बेखबर अपनी कल्पनाओं में मग्न अपना संसार बसाते हैं और उसमें खोए रहते हैं।'

बाढ़

बाढ़ का नाम सुनते ही अधिकारियों के चेहरे खिल उठते हैं और उनकी सम्पन्नता का अनुमान भी इसी बात से लगाया जाता है कि अमुक अधिकारी के कार्यकाल में कितनी बार बाढ़ आई थी।

बड़े बाबू को आज साहब के साथ बाढ़ग्रस्त क्षेत्रों का मुआइना करवाने जाना था। वह बहुत चिंतित था, परतु साहब ने उसे आश्वस्त करते हुए कहा कि 'चिन्ता मत करो! उन्हें केवल उस स्थान पर बाढ़ का पानी नज़र आना चाहिए, शेष सब कुछ मैं संभाल लूंगा'।

अब बड़े बाबू के सम्मुख साहब का असली चेहरा उजागर हो चुका था जो उनकी संवेदनहीनता दर्शाने के लिए काफी था।

महरी

'आज फिर महरी काम पर नहीं आई। इसने तो नाक में दम कर रखा

है।' शिखा ने अपनी सहेली को फोन पर बताया कि यदि सम्भव हो तो वह उसके घर यह संदेश भिजवा दे कि अब उसे यहां आने की आवश्यकता नहीं है। वह कोई दूसरी महरी ढूंढ लेगी।

शाम को महरी ने दस्तक दी। उसका बुखार से तपता शरीर, पीला पड़ा चेहरा व उखड़ती सांसें देखकर उसे आत्मग्लानि हुई। उसने महरी को घर जाकर आराम करने की सलाह दी और साथ में दवा खरीदने के लिए पैसे भी दिए।

महरी मालकिन के इस रूप को देख आश्चर्य-चकित थी कि उसकी क्रूर मालकिन में आज इस परिवर्तन का मूल कारण क्या है? परन्तु महरी ने मालकिन को दुआएं देते हुए वहां से विदा ली।

अनवरत प्रतीक्षा

वृद्धाश्रम में रहने वाले हर इंसान को प्रतीक्षा रहती है उसके अपनों की... एक आशा और विश्वास रहता है कि उसका भविष्य भी स्वर्णिम होगा। एक दिन उसकी औलाद को अपने किए पर प्रायश्चित होगा और वह उसे अपने घर ले जाएंगे। परन्तु हर दिन उनके लिए अमावस की घनी कालिमामय रात्रि की भांति होता है।

सुरेश आर्मी के मेजर पद से सेवा निवृत्त होकर लौटा था। उसके नेत्रों में अनेक सुन्दर, सजीले स्वप्न तैर रहे थे कि अब वह वर्षों बाद अपने परिवार के साथ रहेगा, रिश्तों की गर्माहट को अनुभव कर पायेगा, अपने बच्चों का बचपन देख पाएगा उन नन्हें मुन्ने बच्चों में, जो दादा और नाना कहते सदा उसके आगे-पीछे दौड़ते रहेंगे।

परन्तु सुरेश के स्वप्न दो माह में ही खाक़ में मिल गए, जब उसने अपने पुत्र और पुत्रवधु के वार्तालाप को सुना।

'तुम पापा के लिए वृद्धाश्रम की तलाश करो या इन्हें गांव छोड़ आओ। मैं नहीं चाहती कि बच्चे उनके संस्कार ग्रहण करें। उन्हें तो बोलने को सलीका भी नहीं है। दिन भर हुक्म चलाना इनकी आदत है, जो मुझे तनिक भी पसन्द नहीं

है।'

'कैसी बातें कर रही हो, मुझ में भी पिता के संस्कार हैं। मैं उनके साथ ऐसा अशोभनीय व्यवहार नहीं कर सकता। बच्चे तो उनके साथ पहले ही घुल मिल गए हैं। थोड़े दिन में वे यहां एडजॅस्ट हो जाएंगे और तुम्हें भी उनके साथ रहना अच्छा लगने लगेगा।'

पति की बातें सुनकर उसकी पत्नी ने उसे अपना निर्णय सुना दिया। 'उसे उन दोनों में से एक को चुनना होगा।' पत्नी द्वारा कहा गया एक-एक शब्द उसके मनोमस्तिष्क पर हथोड़े की तरह प्रहार कर रहा था। अंत में उसे अपने परिवार की खुशी के लिए पत्नी का आदेश स्वीकारना पड़ा।

सुनहरी

भोर होते ही अपनी कामवाली सुनहरी को अपने दरवाज़े पर खड़ा देखकर रावत दम्पत्ति चौंक गए। उसके सिर पर पट्टी बंधी थी और शरीर पर दिखाई पड़ रहे थे नील के निशान। उसके नेत्रों से प्रवाहित अजस्त्र अश्रुधारा को देख वे एक-दूसरे का मुंह ताकने लगे।

'क्या हुआ है तुम्हें... कैसे हुई तुम्हारी यह दशा ? बोलो सुनहरी... जवाब दो।' मालकिन मेरा पति रात को शराब के नशें में धुत्त दूसरी औरत को अपने साथ घर ले आया। उसे देखते ही मेरा खून खौल उठा। मैंने उन दोनों को वहां से जाने को कहा, परन्तु वह नहीं माना। मैंने उस दूसरी औरत को बाहर धकियाने का प्रयास किया। इस पर उसने मुझ पर गालियों की बौछार की और बेतहाशा पीटा। मैंने उसका डटकर सामना किया, जिसका अंजाम आपके सामने है। उसने रात को मुझे घर से बाहर निकाल दिया और मैंने अपनी खोली के बाहर बैठकर रात गुज़ारी।

'सुनहरी! तुमने यह अच्छा नहीं किया। औरत के लिए उसका घर व पति ही सब कुछ होता है। जानती हो, अब क्या दशा होगी तुम्हारी ? वह तुम्हारे घर में मालकिन बन कर रहेगी और सौतेली मां के रूप में तुम्हारें बच्चों को घर से बाहर निकाल फेंकेगी। क्या तुम यह सब सहन कर पाओगी ?'

'वैसे भी यह तो घर-घर की कहानी है। मध्यवर्गीय परिवारों में अक्सर

ऐसा होता है और उन्हें समझौता करना पड़ता है। अब तो सुप्रीम कोर्ट ने दूसरी औरत को समान अधिकार प्रदान कर दिए हैं... घर में रहने की आज्ञा भी प्रदान कर दी है।'

'मैं नहीं मानती किसी कोरट्ट-कचहरी को, उसने मेरे साथ सात फेरे लिए हैं। वह मेरा पति है और मुझे छोड़कर कहीं नहीं जा सकता, न ही मुझे घर से निकाल सकता है। आप यदि मेरी सहायता नहीं करना चाहते तो ठीक हैं, मैं स्वयं उससे निपट लूंगी। मैं जा रही हूं घर... यदि उसने मेरी बात नहीं मानी तो मैं पुलिस में रपट लिखवाऊंगी। यदि पुलिस ने भी उस पर कोई कार्यवाही नहीं की तो मैं स्वयं उसका इलाज करूंगी, परन्तु मैं अपने बच्चों पर उस औरत का साया कभी भी नहीं पड़ने दूंगी।'

मालिक व मालकिन उसके साहस और हौंसले को देखकर हैरान थे कि वास्तव में सुनहरी इक्कीसवीं सदी की सशक्त नारी है, अपने अधिकारों के प्रति सजग, सशक्त व सक्षम... कर्त्तव्यनिष्ठता जिसमें कूट-कूट कर भरी है। दोनों उस के दृढ़ निश्चय को देख हैरान हो रहे थे।

और सुहानी बदल गई

'मैं चाहकर भी अपने पति के सम्मुख अपना पक्ष नहीं रख पाती। उसके सामने मेरे हाथ-पांव कांपने लगते हैं, पसीना आने लगता है और वाणी भी मेरा साथ छोड़ देती है।' इसलिए मैं आज मनोरोग विशेषज्ञ से मिलकर आ रही हूं।

अपनी सखी सुहानी की बात सुनकर राधिका हैरान थी। सुहानी क्लास वन आफिसर है... कार्यक्षेत्र में वह दबंग है... कर्त्तव्यनिष्ठ है, सक्षम है, परन्तु पति का मात्र फोन, उसके होशो-हवास उड़ाने के लिए बहुत है। उसे अपने पति को हर पल का हिसाब देना पड़ता है, किसी कार्यक्रम में जाने व किसी आफिसर से मिलने की अनुमति लेनी पड़ती है और ज़रा-सा फोन का रिसीवर देरी से उठाने पर उसकी जवाबदेही होती है।

'सुहानी! तुम्हारी दशा तो गुलामों जैसी है। तुम अलग स्थान पर कार्यरत हो, फिर भी किन आशंकाओं से भयभीत हो तुम... आत्मनिर्भर हो, बराबर का स्टेटॅस है तुम्हारा फिर भी यह सब क्यों ?'

'पता नहीं राधिका विवाह के तीस वर्ष मैंने इसी हाल में गुज़ारे हैं ... अब तो शेष ज़िन्दगी भी इसी प्रकार गुज़र जाएगी।'

'परन्तु तुम्हें एकदिन इस चक्रव्यूह से निकलना होगा। जिस दिन तुम अपने पति के अटपटे प्रश्नों का उत्तर देना बंद करके, उसे अपने अस्तित्व का भान कराओगी, उसी दिन सब परिस्थितियां सामान्य हो जाएंगी। तुम स्वाधीन हो जाओगी... अपनी इच्छानुसार कार्य करने का साहस जुटा पाओगी। तुम एक लेखिका हो उठो! अपने हाथ में मशाल थाम कर समाज को रोशन करो, जाग्रत करो और औरत को अहसास दिलाओ कि वह अबला नहीं, सबला है, सजग है, सक्षम है, समर्थ है।

राधिका की बातों ने सुहानी पर अपना जादुई प्रभाव दिखलाया और वह उसी राह पर चल निकली।

घर से बेघर

तिनका -तिनका जोड़ कर बनाया गया अपना घर छोड़ते हुए किसे दु:ख नहीं होता होगा... एक पक्षी भी नियत समय पर अपने नीड़ में लौट आता है। यदि बेदर्दी से मालिक उसे तोड़ देता है तो वह हर रोज़ अपने शावकों को ढूंढते हुए वहां आता है, फिर इंसान तो इंसान है, एक संवेदनशील प्राणी है।

उस घर से साथ जुड़ी होती हैं उसकी असंख्य यादें... नन्हें मुन्नों का बचपन, उनका मान-मनुहार, उनके साथ गुज़ारा गया समय, जो यादगार मात्र बनकर हरपल उसके ज़ेहन में दस्तक देता है। परन्तु इंसान उस पल टूट जाता है जब उसकी वंशबेल को बढ़ाने वाला सपूत उसकी जायदाद हथिया लेता है और फालतू समझ उसकी चारपाई स्टोर रूम या गेरॉज में लगवा देता हैल यह दलील देते हुए कि यहां उन्हें आते-जाते लोग दिखाई पड़ते रहते हैं और इनका मन लगा रहता है।

यह सब कहते हुए उनके आत्मज यह भूल जाते हैं कि 'हमारा आज, उनका कल होगा। उन्हें भी इन विषम परिस्थितियों का सामना अवश्य करना पड़ेगा। उस समय वे अनुभव कर पायेंगे कि घर से बेघर होने की त्रासदी को

सहन करना कितना कठिन होता है।' यह विचार मस्तिष्क में कौंधते ही उनकी वाणी मूक हो जाती है और नेत्रों से बहने लगते है अजस्त्र आंसू।

लौट आओ... बेटा

आजकल ज़माने की कुछ ऐसी हवा चल पड़ी है कि रिश्तों की अहमियत ही नहीं रही। इंसानियत तो जैसे मुंह छिपाए दुबक कर जाने किस कोने में बैठी है। जीवन मूल्य तहस-नहस हो गए हैं।

कैवल्य ने अपने पिता को बतलाया कि उसे कम्पनी में बहुत कठिनाइयों का सामना करना पड़ रहा है। वह पिछले तीन महीनों से बहुत परेशान है। घूसखोरी, भ्रष्टाचार, चापलूसी, ईमानदार इंसान को निगलने के लिए सुरसा की भांति मुंह बाये खड़ी है। पापा! मैं इस माहौल में स्वयं को ढालने में अक्षम हूं। मैं इन विषम परिस्थितियों के साथ समझौता नहीं कर सकता। मैं लौटना चाहता हूं... आपकी शीतल छाया में रहकर सुकून पाना चाहता हूं।

उन्होंने कैवल्य को समझाने का प्रयास किया कि 'समय के साथ परिस्थितियां व जीवन मूल्य बदल जाते हैं। इस गलाकाट प्रतियोगिता में अपने अस्तित्व की रक्षा करने के निमित्त उसे स्वयं की सोच बदलनी होगी।'

'यह आप कह रहे हैं... पापा ! कच्ची गीली मिट्टी को तो मनचाहा आकार प्रदान किया जा सकता है, परन्तु इस उम्र में आप मुझसे स्वयं को बदलने की अपेक्षा भी कैसे रख सकते हैं ? मैं हार चुका हूं... मैं इस माहौल में नहीं रह सकता।' मैं कल सुबह की ट्रेन से लौट रहा हूं।

पापा कैवल्य की विचारधारा को जानकर फूले नहीं समा रहे थे और स्वयं को संसार का सर्वश्रेष्ठ व खुशनसीब इंसान समझ रहे थे। वे बार-बार यही शब्द दोहरा रहे थे- 'लौट आओ बेटा... ये आंखें इसी दिन की प्रतीक्षा कर रहीं थीं।'

आपबीती

शिल्पा की आपबीती सुनकर उसकी सखी शिवानी सकते में आ गई। वह तो उसे बहुत ही खुशनसीब समझती थी। परन्तु उसकी ज़िन्दगी इस क़दर भयावह दौर से गुज़र रही थी, कल्पनातीत है। एक एन.आर.आई. से विवाह करने के पश्चात् शिल्पा मर-मर कर जी रही थी। शिल्पा अपने तथाकथित पति और परिवारजनों का हर जुल्म सहन कर रही थी, सिर्फ़ इसलिए कि उसके माता-पिता को दु:ख न हो और वे स्वयं को अपराधी अनुभव न करें।

शिल्पा को उसके पति ने धक्के मार कर घर से बाहर कर दिया क्योंकि उसने अपने पति को दूसरा विवाह करने से रोका था। वह उनके बीच दीवार बनकर खड़ी हो गई थी और उसे विवाह-मंडप छोड़कर भागना पड़ा था। इस कारण उसका पति उसे अनेक बार ज़लील कर चुका था, उससे मारपीट कर चुका था... यहां तक कि उसने शिल्पा को अपने मित्रों के सामने परोसने का घिनौना कर्म भी किया था। परन्तु उसने कभी उफ़् नहीं की थी।

आज शिल्पा की सहेली ने उसे घर से बाहर बैठे देखकर उसके माता-पिता को खबर दे दी।

उसे सर्दी में कांपते देख उनके होश उड़ गए। उन्होंने बहुत देर तक दरवाज़ा खटखटाया, परन्तु भीतर से कोई बाहर नहीं निकला। वे शिल्पा को लेकर सीधे घर लौट गए। वह बेहोशी की हालत में चिल्ला रही थी, 'मुझे मत मारो मुझे घर से बाहर मत निकालो। मुझे बांदी की तरह घर के किसी कोने में पनाह दे दो।'

उन्होंने डाक्टर को अपनी बेटी शिल्पा की मानसिक दशा से अवगत कराया। डाक्टर ने उसे दवा दे दी तथा शिल्पा से उसके अतीत के बारे में कोई बात न करने की सलाह दी। तीन दिन बाद उसे होश आया और वह स्वयं को मायके में पाकर दंग रह गई।

शिल्पा के माता पिता ने उसे गले से लगाते हुए यही कहा, 'तू हमारे आंगन की शोभा थी और आज भी इस घर पर तुम्हारा वही हक़ है। परन्तु तुमने हमें बेग़ाना समझा... इतना सब होने के बाद भी हमें कुछ नहीं बतलाया क्यों... आखिर क्यों ? अब तुम हमारे साथ रहोगी और तुम्हारे पति को तो हम स्वयं देख लेंगे।' यह सुनकर शिल्पा की सारी परेशानियां पल भर में रफूचक्कर हो गई।

यही इल्तज़ा है

'आज भाभी का फोन आया था। वह तुम्हारे बारे में पूछ रही थी।' पति के यह शब्द सुनते ही सलीमा के मन में यह विचार बिजली की तरह कौंधा।

'क्या वह मेरे मोबाइल पर मुझसे सीधे बात नहीं कर सकती ? वह सदा तुमसे ही ग़ुफ्तगू क्यों करती है... अपने सुख-दुःख पूरे परिवार में तुम से ही सांझे क्यों करती है ? तुम से मिलने को बेताब क्यों रहती है... और उस पर तुम भी तो उसी के दीवाने हो... उसके आंचल में सुक़ून पाते हो... उससे मिलने का बहाना ढूंढ़ते हो और घंटों तक तुम दोनों दीन-दुनिया से बेख़बर बतियाते रहते हो। दोनों का अलग कमरे में सोना, इकट्ठे आना-जाना अंतर्मन को बेध जाता है।'

'घर में बहू-बेटियां हैं, नाती-नातिन व पोता-पोती हैं, अब तो तुम्हें आत्म-नियंत्रण रखना चाहिए ताकि दूसरों को तुम पर अंगुली उठाने का अवसर न मिले। मैंने तो तुम्हें इस रूप में स्वीकार कर लिया था! तुम बंटे हुए थे, शायद इसलिए तुम कभी मेरे हो न सके। तुम सदैव अपने भाई व उसके परिवार की चिन्ता में लीन रहे और मैंने अपने बच्चों के साथ खुशी से अपनी ज़िन्दगी गुज़ारी।'

अब तुम्हारा उनसे घर की हर छोटी बड़ी बात शेयर करना, मेरे मन को छलनी कर जाता है। जीवन के अंतिम पड़ाव में भी तुममें, तुम्हारी सोच में तनिक भी बदलाव नहीं आया। शायद तुम बने ही एक-दूसरे के लिए हो... मानसिक रूप से... साये की तरह अलग हो ही नहीं सकते। वैसे मुझे इससे न कोई अंतर कभी पड़ा है, न ही कभी पड़ेगा। परन्तु हमारे रस्मो-रिवाज़ अभी बदले नहीं हैं।'

'मेरी तुमसे यही इल्तज़ा है, तुम अपने परिवार की खुशी के लिए स्वयं को बदल लो... अपने घर को मंदिर समझ... उसी में रम जाओ, और शिल्पा के पति की सोच बदल गई।

बरबादी का मंज़र

देसराज अपने बेटे मानव के आई.ए.एस बनने पर बहुत प्रसन्न था। उसके कदम धरती पर नहीं पड़ रहे थे और वह उसके उज्ज्वल भविष्य के स्वप्न संजो रहा था। उसे लगता था अब वह सेठ से लिया कर्ज़ चुका कर अपना गिरवी

रखा घर छुड़वा लेगा तथा उसकी पढ़ाई के लिए पत्नी के बेचे हुए गहने भी खरीदकर उसे लौटा सकेगा... परन्तु भाग्य को तो कुछ और ही मंज़ूर था।

मानव के गांव आने पर सबने उसे आंखों पर बिठाया, उसकी खूब आवभगत की। रात को ही मानव ने अपने पिता से परिवार सहित शहर लौटने की बात कही, जिसे सुनकर वे चौंक गए।

-बेटा! थोड़े दिन इन्हें यहीं रहने दो... बच्चे यहां होंगे तो तुम्हारा आना-जाना लगा रहेगा और लोगों को भी विश्वास रहेगा कि हम शीघ्र ही उनका कर्ज़ चुका देंगे।

-किस कर्ज़ की बात कर रहे हैं आप मैंने तो कभी कर्ज़ नहीं लिया। तुमने लिया है तुम्हीं सोचो उसके बारे में... व्यर्थ के झमेलों में नहीं पड़ने वाला।

मानव सुबह होते ही सपरिवार चल दिया और उसके माता-पिता अश्रुपूरित नेत्रों से अपनी बरबादी का मंज़र देखते रहे।

वरद्हस्त

गांव की चौपाल पर खड़ा बरगद का वृक्ष ग़वाह था जो इतिहास बन गया था। उसने अपनी आंखों से उन सभी दृश्यों को देखा था, अनेक लोगों को इस जहान में आने के पश्चात् रुख़्सत होते भी देखा था। वह सबकी खुशी व ग़म में शरीक़ हुआ था, परन्तु कभी भी अहं उसके आड़े नहीं आया था। अनेक पौधे उसकी छत्रछाया में अंकुरित हुए थे और आज वृक्ष बनकर सिर उठाए खड़े थे।

- एक दिन कुछ वृक्षों ने मिलकर बरगद के वृक्ष से कहा कि हमें कब तक तुम्हारी सत्ता स्वीकारनी होगी, तुम्हारा हुक्म बजाना होगा ? हम भी खुली हवा में सांस लेना चाहते हैं ... अपने अंदाज़ से जीना चाहते हैं।

अगले दिन उनके कहने पर माली ने बरगद की ऊंची-ऊंची शाखाओं को काट डाला और वे सब बहुत प्रसन्न हुए। परन्तु दो दिन में ही वे भीषण गर्मी से झुलसने लगे और तेज़ आंधी के चलने पर वे अपने निर्णय पर पश्चाताप करने लगे। अब वे स्वयं को असुरक्षित व अनाथ अनुभव कर रहे थे जैसे उन पर पिता का वरद्हस्त न रहा हो।